メディアワークス文庫

拝啓見知らぬ旦那様、離婚していただきます〈下〉

久川航璃

目　次

第四章　新たな領地問題と賭けの終わり

スワンガン領地に向かう日は、朝からしっとりとした雨が降っていた。

ガイハンダー帝国の帝都は大陸の北方寄りに位置する。都を囲むように聳(そび)える山脈はミッテルホルンと呼ばれ、自然の要塞として都を、ひいては国を守っている。その山々の間の比較的なだらかな地形を利用して開かれた都は夏も短ければ秋も短い。すぐに厳しい冬がやってくる。

スワンガン伯爵家の家紋の入った立派な馬車の小窓からけぶる帝都を眺めつつ、バイレッタは静かにアメジスト色の瞳を伏せた。内装も丁寧に施され、クッションを敷き詰められた車内は快適に過ごせるはずだ。だというのに馬車が水たまりを撥(は)ねて進む音だけが静かにこだまする車内には、重苦しいほどの沈黙が訪れていた。

先週も同じように馬車で向かったが、その時とは明らかに空気が異なる。

文句を言いそうな義父であるワイナルドがいないからだろうか。

それとも、あの時とは違ってバイレッタの夫への心情が変わったからだろうか。

向かいの席に座って腕を組んで目を閉じている、やたらと整った顔立ちの夫であるアナルドを眺めてこっそりと息を吐き出した。

アナルド・スワンガン。

彼はガイハンダー帝国陸軍騎兵連隊長の肩書を持つ美貌の中佐だ。やや長めの灰色の髪に、切れ長のエメラルドグリーンの瞳は怜悧(れいり)で『戦場の灰色狐(はいいろぎつね)』の異名を誇る。そんな華々しい戦歴と容姿を持つ男は夫としては最低である。

そもそも彼への気持ちなど初めから底辺を這(は)っているはずだ。上向いたのなんて一瞬で、やはり最低で自分勝手で傲慢で人の話を聞かない男だという評価は変わらない。

戦争に出て八年間、便りの一つもない顔も知らなかった夫だ。

羞恥と怒りとでわけがわからぬままに一ヶ月の夫婦生活を行うという条件で賭けが始まったが、それも残り一週間と僅か。子供ができなければこのまま離縁できる。バイレッタの勝利が確定するまで残り四分の一ということになる。

それは純粋に喜ばしいことであって、もやもやとした気鬱の原因にはならないはずだ。それでも祝勝会の一件以来、どうしても腹の底に横たわる不快感が消せない。

アナルドは祝勝会の際に、妻を無料の娼婦(しょうふ)扱いした。所詮はバイレッタの悪評を鵜呑(うの)みにする男たちと同じ。碌(ろく)でなしだと吐き捨てればいいだけだというのに。

結局、口を利くのも億劫(おっくう)で、最低限の会話さえしない。彼も彼で、妻が黙っているほうが都合がいいのか、話しかけてもこない。

そもそも陽気な男ではないけれど、前回と同じように目を閉じている姿にバイレッタは苛(いら)ついた。別に楽しく会話をしたいわけではない、決して。それでも、気を遣われないのは本当に体だけ求められているような気がする。いや、現にそういうことなのだろう。離婚したい相手なのだから、それでいいじゃないかと無理やり納得して、今自分が怒っているのは別のことだと頭を切り替える。

数日前に戻ってきたばかりで、再度領地に呼び出されたことが腹立たしいのだ。自分は決して領主代行だとか補佐ではない。

義父から送られてきた呼び出し状の内容を思い返してため息をつく。

『スワンガン領地の水防工事の反対運動が温泉場を有する町長たちから起こった。すぐに収めに来い』

祝勝会の後、家令のドノバンから渡されたのは伯爵家の家紋入りの封蠟(ふうろう)が押された手紙だ。領地から早馬で届いたと聞いた時から嫌な予感はしていた。中を見て、義父の高圧的な声まで聞こえてきそうだった。

スワンガン領地の特性上、どうしても起きる問題ではあると予想はしていた。だが、早すぎる。

スワンガン領地の主な収入源は豊富な湯量を誇る温泉場で、皇族たちや貴族の湯治場としても有名だ。その人気は戦争が起きても変わらず、領地から穀物の税収が減っても補填し賄える。

だからこそ温泉場を有する町長たちの声は絶大だ。領主であろうと一喝で無視するわけにもいかない。

だが、誰の領地かと心底義父には問いただしたくもなる。

きっと問いかけたところで嫁いだ身なのだから働けと告げられるだけだろう。

バイレッタは洋装店のオーナーであり、大規模な縫製工場を持つ工場長でもある。そろそろ職場に顔を出さなければ秘書が怒鳴り込んできそうで恐ろしいのだが、手紙からの無言の圧力も無下にできない。

そして祝勝会が終わって数日後に領地に向かう馬車に乗っているというわけだ。その上なぜかアナルドがついてきた、当然のように。領地に行く馬車だとわかっているのかと思わず二度も確認してしまったほどだ。だが彼は頷くだけで、馬車を降りることもない。

こうして重苦しい馬車に乗っている。

彼とは祝勝会の次の日から喧嘩をしている。いや、バイレッタが一方的に怒っているのだ。

あの日——祝勝会の会場の庭という場所で手ひどく抱かれた日の翌朝には怒りを込めて、バイレッタは枕を夫の顔に向かって投げつけた。彼は涼しげな顔をしてそれを受け止めただけだったが。外での行為など嫌だと告げた自分に彼は賭けの念書にはそのようなことは書いてはいませんが、と落ち着きはらって答えてきた。

確かに一ヶ月の間に夫婦生活を行い、子を孕むかどうかという人権をまるっと無視した賭けをしている。その賭けを記した念書には時間も場所も指定していない。

だからといって承服しかねる行為ではある。引かない姿勢を見せると、折れたのは夫だ。出ていけと一瞥に込めると、アナルドは無表情のままそっと部屋を後にした。

あの時、彼の背中を見つめながらバイレッタは、言い訳を求めていたように思う。

彼が自分のことを少しでも気にかけてくれていれば、きっとあれほど惨めで悔しい気持ちにならなかった。

そう、バイレッタはなぜか悔しかったのだ。

祝勝会の会場の庭園など、誰が来るとも知れない場所で。他人に見せつけるように手ひどく抱かれて。それこそまるで娼婦のようだ。彼にとっては妻などその程度の存在なのだと貶められて。

彼が夜会のテラスで妻を無料の娼婦だと友人に告げられて肯定していた姿をありありと思い起こして。

感じる悔しさは夫への信頼の表れで、そして彼の裏切りを決定付けた瞬間でもあった。必要なこと以外告げないアナルドの態度が、自分を苦しめる。

だが物思いから戻った途端、冗談ではないと怒りを孕んだ瞳を、夫から再び馬車の外へと向けてバイレッタは握り拳を作った。

たいしたことはない、いつものことだ。己に言い聞かせるように胸中でつぶやく。

昔から自分の派手な容姿のせいで、社交界では散々に貶められてきた。数々の男たちを手玉にとり、叔父や義父やその他の男たちと体の関係を持っていると。一切事実無根だが、その噂(うわさ)をこれまで否定してこなかったのもバイレッタだ。

だから夫がこのまま自分を誤解し、勝手に悪女だ娼婦だと騒いだところで問題はない。怒る必要なんて、ましてや悲しむことなどどこにもない。夫は身勝手で傲慢で、都合のいいように妻を扱うものだと考えていたではないか。

どうせ賭けも終わる。

そうして夢見た世界で自由を手にするのだ。夫や婚家に縛られず、商売で自立して生きていく。昔からの夢を形にするだけだ。

勝利を確信して微笑む自分の顔は馬車の窓に映っていたが、なぜかひどく泣いているように歪んで見えた。

不意に出立する前日に会った叔父であるサミュズの言葉を思い出す。

『今にも泣き出しそうだね』

あの時は矜持でもって己を必死に奮い立たせたものだ。そうかもしれないと思う弱さをどうしても許したくなかった。

帝都を発つ前日には祝勝会で約束していた通りに、叔父であるサミュズ・エトーとレストランで会っていた。

時間より早めにやってきてお茶をもらっていたバイレッタは、やはり祝勝会の夜の夫の態度を許せずストロベリーブロンドの艶やかな長い髪をかき上げてはイライラとしていた。

「随分と機嫌が悪いようだけれど、どうかしたか」

「叔父様！」

カップに口をつけていたバイレッタは顔を上げた。思わず下ろしたカップはがちゃんと派手な音をたてたが、目を瞑る。

ダークグレーのスーツに身を包んだサミュズが、向かいの空いた席についた。商談をしていたのだろう。落ち着いた雰囲気はやり手の商人というよりはどこかの官僚のようでさえある。黒に近いこげ茶の髪をきっちりと撫でつけている姿は、清潔感と真面目さがよく表れていると感心してしまった。彼はよく信用第一だと翡翠色の瞳を細めて笑うが、確かに納得する。

胡散臭い夫とは大違いだと勝手に引き合いに出して、思わず顔を顰めてしまった。

「てっきり彼も来ると思っていたが？」

「夫も多忙ですもの。四六時中妻に張り付いているわけにはいかないでしょう」

「ふうん？　彼ならずっと傍らに控えていそうだが……」

サミュズの言葉に、バイレッタは黙り込む。図星だったからだ。それを断固として許さなかったのは自分だ。

バイレッタの身辺調査を済ませていると知って、夫に仕事を隠すことをやめた。小さな洋装店を一つ任されて、今はオーナーになって人を雇っていること。その代わりに縫製工場を運営して既製品の量産を行っていること。一部では軍の取引もあり、軍人のシャツや外套などを大量に納品していることなどを淡々と話した。それで眉を顰めるかと思えば、アナルドは無表情のまま静かに聞いていた。

妻が仕事をしているなど馬鹿にするか、利益を横取りするか、とにかく腹を立てるかいずれかの反応が返ってくると思えば実にあっさりとした態度だ。

バイレッタは拍子抜けしながらも商談であるとアナルドにはっきりと告げた。すると今まで興味のない様子だったが、一緒に行くと彼は駄々をこねた。

無表情な夫に駄々をこねられるとは、ある意味不気味だ。

二人の意見は平行線となり、バイレッタは勝手にしろと告げて家を出てきて今に至る。もちろん馬車に乗り込んだのは自分一人だ。だが、なんとなく近くにいるような気がする。

とんだ忠犬を手に入れてしまった。飼い主の言うことを聞かないのだから駄犬かもしれないが。いや彼は戦場ではその狡猾(こうかつ)さから狐と呼ばれている。つまり何か裏があるのだろう。そもそも体目当てのくせに言動が全く理解できないところが精神的に疲れる。

妻を無料の娼婦だと考えているのなら、普段は放置しておいてくれればいいのに。まさかいつでも抱きたい時に抱けるようにつきまとっているのか。

だとしたら？

なんだというのだろう。夫が何を考えていようとも自分には関係ないはずだ。そうして怒りの感情だけが、腹の底に溜まっていく。

「いつものお勧めを二つ出してくれ。バイレッタ、君の相談に乗る前にきちんと君たちの関係を聞かせてくれるかな。ただの夫婦というわけではないんだろう？」

給仕係に注文すると、叔父はバイレッタににこやかに向き直った。

納得はしていないようだが、夫が近くにいないことは察したのだろう。機嫌が上向いていたが、バイレッタは突然の攻撃に思わず呻いた。いや祝勝会の夜に、今日の約束を取り付けた時から予想はしていた。叔父が最も気にしていることだと。

分刻みに仕事をこなしている多忙なサミュズに迷惑はかけられないことはわかっているが、内容が内容だ。全力ではぐらかしたいし、逃げ出したい。できれば言いたくない。

「政略結婚など多少どこもいろいろあるものでしょう？」

「いろいろね。そのいろいろを聞きたいんだよ」

「先に相談させていただいてもよろしいかしら」

「逃げられると思っているのなら、随分見通しが甘いとお説教するけれど」

きらりと光った叔父の瞳には、抜け目のない商人の底力が見え隠れする。これは駄目なやつだと諦めた。ハイレイン商会という大店（おおだな）の会頭たる叔父が、簡単に逃してくれるわけがない。

「怒らないでくださいね」

「つまり、私が怒るような内容なんだね」

「そんなことはありません……と思いたいです。世間一般にはあまり歓迎されないことは事実ですもの。その、アナルド様とは賭けをしております」

「賭けだって？　それは別に怒ることではないが、条件にもよるね」

「その、離縁したいと申し出たら拒否されましたので……いろいろと話しているうちに、なぜか一ヶ月賭けをすることになったのですが……あ、叔父様、飲み物がありますので突然立ち上がるのもご遠慮ください」

「随分ともったいぶるね。なんだい」

「ですから、その……まあ、なんと言いますか……一ヶ月の間、夫婦生活をして子を孕まなかったら私が勝って離縁が成立するんです」

「……つまり、その間は別れられないということか」

サミュズはなんとか最初の衝撃を飲み込んで、つぶやくように口にした。アナルドが祝勝会の夜、中庭で叔父に向かって勝ち誇ったような顔をして告げた言葉を反芻（はんすう）しているのだろう。

「で、勝てる見込みはもちろんあるんだろう」

「当然です。ですからこの話はおしまいにしましょう。次はきちんと別れたと報告させていただきますから」

「そういうわりには今にも泣き出しそうだね」

ご冗談を、と必死に軽く流すようにして、バイレッタはなんとか本日の用件を口にした。

「デーファをご用意いただきたいのです、それも大量に」

「はぐらかしたね。まあ、いいさ。それにしても、あんな穴ぼこだらけの石を？　いったい今度は何を造るつもりだい」

デーファは帝国の南の山岳地帯で採れる多孔質の石だ。乾燥させると硬くなるため古くから建材に使用されているが、削ってもどこまでも穴があり塞がることはない。

模様や材質に注目されていて南部の主要な石材の一つに挙げられている。そこそこの値段はするのだが、それは大きな石材として建物を造る時であって、バイレッタの欲しい粉末や欠片はたいした値はつかない。ほとんど屑と同じ扱いになる。どちらにせよ、叔父にかかれば大量に集めることなど朝飯前だろう。

サミュズは面白そうに目を輝かせた。それだけで、バイレッタの交渉は上手くいったようなものだ。

叔父に交渉を持ちかける場合は、情報を小出しにしながら落としていくほうが確実だ。最初から詳細を語ると裏から手を回されて最終的な目的に辿り着けないことが多い。身内といえども商売に関しては厳しい師匠である。

「それは後のお楽しみですわ。少しスワンガン領地で確かめたいことがありまして。けれど最終的には必ず叔父様の利益にもなりますわよ？」

バイレッタは不敵に微笑んでみせたが、叔父は苦笑しつつ頷いた。

「わかった、その件は引き受けるよ。ただね、意地っ張りな君のことだから、なかなか難しいだろうけれど。自分の自尊心や夢や自由よりも大切なこともある。バイレッタ、君が本当に欲しいと思うものを手に入れなさい。後悔しないように、わかったね」

それは必死に目を逸らしている今の滑稽なバイレッタの姿を諫めているかのような言葉だった。

急ぎと言われたが結局間に宿をとって二日かけて帝都からスワンガン領主館に到着したのは夕方になった。連絡を受けていた執事頭のバードゥが玄関の前で頭を下げて待っていた。

義父と同年代ではあるが背筋はきっちりと伸び、屋敷の采配を取り仕切ってきた威厳はそのままに。ただ少し柔和さを感じさせる様子に、思わず苦笑する。

十日も経っていないのに、そうそう変わるはずもない。だが以前よりは明るい表情になった。隠し事がなくなったからだろうか。

「ようこそ、いらっしゃいました。お変わりありませんか」

「バードゥ……ある意味、嫌みかと思うわよ」

「そのような意図はございません。ところで旦那様から伝言をお預かりしております」

アナルドのエスコートで馬車を降りて辺りを見回していたバイレッタに、執事頭が無表情で頭を下げた。

「あまりいい内容ではないということかしら」

「そうですね。領主館には旦那様はいらっしゃいません」

「なんですって？」

人を呼び付けておいて領主館にいないというのはどういうわけだ。

「温泉場のほうにある迎賓館にてお待ちしているとのことです。それまでに一通り状況の把握をしておくようにと仰られていました」

怒鳴り付けたい気持ちをぐっと飲み込んで端的に告げる。

「誰がお義父様の代わりに状況を教えてくださるのかしら。水防のための堤防の現場の様子を知りたいのだけれど」

話をさっさと終わらせて、帝都に戻りたい。

「それでしたら、先ほど――」

「今、着いたところです」

領主館の裏から現れた長身の男――ゲイル・アダルティンが、穏やかに声をかけてくる。赤みがかった髪色に茶色の瞳。よく日に焼けた精悍な顔立ちは以前に見たままだ。

隣国ナリスの元騎士がわけあってスワンガン領地の穀物泥棒になっていたが、彼もバードゥと同じように生き生きとした表情をしていた。

「アダルティン様ですか。よかったわ。すぐに話せるかしら？」

ゲイルたちに領主館を襲撃された一夜が明けて、すぐに彼を水防工事の統括責任者に据えた。それから義父の指導の下、人材を集めて実際に工事が始まっているらしい。いくつかの現場を一人で監督しているゲイルの手腕は進捗状況の報告書からもバードゥの手紙からも伝わってくる。目覚ましいほどの進み具合だという。

「バイレッタ嬢、名前で呼んでほしいとお願いしておりましたが」

「そうでした、ゲイル様」

呼び方に関しては襲撃された翌日に話した際に一揉めし、『ゲイル様』『バイレッタ嬢』で落ち着いた。友人という立場から名前呼びをしてほしいと彼が押し切った形だ。他国を出奔したとはいえ騎士だった者を名前呼びなどできないし、敬称略などもってのほかだとバイレッタがごねた結果となった。彼の立場を思えば馴れ馴れしいことだが、名前呼びは本人からの強い希望もあったからだ。

「大丈夫ですよ。ですが、このようなことでお呼びたてして申し訳ない。領主様に確認しても貴女の仕事だと仰られるだけで……私がもっと尽力すべきでした」

「いえ、予想はしておりましたから。ただ随分と時期が早かったので驚きました。それもゲイル様の手際がよろしいからですわね」

「もう少しきちんと根回ししておけばよかったですね」

「それは本来であるならばお義父様の仕事ですよ。貴方が気にされることではありませんわ」

言い切ると、ゲイルは目を眇めてふっと笑みを浮かべた。

「相変わらず領主様相手に強気ですね。では貴女の役に立てるように最善を尽くしましょう」

バイレッタのためではなく、できれば領地のために尽力してもらいたいものだが、まっすぐなゲイルの視線に思わず言葉に詰まった。

「こんなところで立ち話もなんですから、中に入りませんか」

「そ、そうですわね」

アナルドがすかさず提案してくれたので、バイレッタはなぜかほっとした。思い切り肯定すると、バードゥが中へと促す。それに続くと、ゲイルがアナルドに話しかけた。

「貴殿は、まだ休暇中ですか」

「そうです」

「随分と長いのですね」

「八年間も戦地にいれば当然、休暇も長くなります」

「それは、何よりですね」

「ありがとうございます」

にこやかに話し出す二人に挟まれて、なぜかバイレッタは背筋が凍るような気持ちになった。縋るような気持ちでバードゥに視線を向けると、彼は沈痛な面持ちで首を横に振った。

どういう意味だろう。なぜか見捨てられ裏切られたような気持ちに襲われたのは確かだ。

領主館の応接間で、三人でテーブルを囲む。

バイレッタの隣にはアナルドが、向かいにゲイルだ。バードゥはメイドにお茶を淹れさせて、傍に控えている。

バイレッタはお茶が行き渡った頃合いを見計らって、口を開いた。

「では、さっそく報告をお願いしたいのですが。本題となる温泉場の町長たちの訴えの前に、現時点での堤防の問題点や進捗状況をお聞きしましょう。後でお義父様には報告しておきます。とにかく今は早く問題点を把握して動いたほうがよろしいかと思われますのでよろしくお願いしますね」

ゲイルに満面の笑みを向けて先を促す。領主館に義父がいないとなれば、バイレッタが好きにしていいということだ。

「では、これまでの進捗状況ですが」

ゲイルが話し出すとバイレッタの雑念は吹き飛んで、一気に緊迫した空気になった。

近隣の村々に声をかけ男手を募ったこと。戦争帰りの兵たちを徴用して人手は賄えたが治安が悪化したこと。

川に沿った堤防のうち、いくつかは昔に造られたもので随分と脆くなっているため補強が必要なこと。

何より、水防工事を始めた途端に、温泉施設からは湯量が減ったと文句が出ていること。入湯税の収益は莫大なので主要産業との軋轢は大問題となる。

「湯量が減ったということはこちらの水防が、あちらの湯治場に影響を与えているのかしら？」

「そうですね、わかりやすく説明するためひとまず、こちらをご覧ください」

ゲイルはあらかじめバードゥに話を通していたのだろう。控えていた執事頭に視線を向けると、彼は壁にかけられていた地図を示した。

「こちらが、領地の地図になります。ここが湯治場で、こちらが水防を計画している地点ですね。ここの一部が古くなっているため、急遽手を加えて補修しているところです。こちらの一部は造り始めたところですね。ここからが今後進めていく予定の地域です」

三代前のスワンガン領主が水防工事を行っていた古い記録を見つけたのは前回に訪れた時だ。その際に、義父に現存している堤防の確認を急がせ、ついで急務の堤防設置場所を提案しておいた。その時の計画とは大きくずれてはいない。特に水害の起こりやすい地域に重点的に堤防を築いて水の流れを変えたり、堀を造って川を分けたりしてはどうかと提案したが、まだ一部を行っているだけにすぎない。

主に山岳に沿う山間の小さな川の流れを変えて、下流に一度に水が集まらないように配慮した形だ。地図上の赤いラインの点線は老朽化している場所で、赤の実線は現在手掛けている場所のようだ。緑のラインが今後の堤防の計画といったところだろう。

だが示しているのは湯治場からかなり離れているように思える。

「こうしてみると直接的な影響はないように思うのですが」

「ところが、こちらの川の水が温泉成分を多量に含んだ湯だったのです。どうやら源泉の流れを変えてしまったようでして」

ゲイルが示した上流の位置の水防は、確かに線で繋（つな）げば横の湯治場に関係していそうだ。

「堤防を築く際に水質調査や流量を調べたはずですよね。昔に調査したものに追加した形になったと聞いていますが、どうして急に発覚したのでしょうか」

「当初は雨水のほうが多かったのですが、いつからか水質が変わったようです。昔の水防工事の資料を基にしてしまったので、工事を始めて新たに湧き出したのか、もともとあったのかはわかりませんが。今は温泉の量のほうが豊富で、それをよそに流している、と。それに、現在造っている最中の場所にどうやら温泉が入り込んでいるとの報告も受けています」

「なるほど。だから、湯量が減ったという発言に繫がるのですね」

「そうです。また新しく水防の土台を造っているのですが、届いたばかりの資材でも川に浸けた途端に随分と脆くなるようだという声もありますね」

　スワンガン領地の温泉の泉質は一瞬で剣をボロボロにするほど強力だ。そこに貯めた雨水や真水を混ぜて湯治場に流している。一度温泉場を見学したが、近づくだけで異質な香りが立ち込めていた。それが堤防工事をしている川に流れ込んでいるのであれば、新しい資材が脆くなるというのも頷ける話ではある。

「戻せるかどうかは現地を見て考えたほうがよさそうだわ。すぐに動けるかしら」

「最近は雨が続いていたので、しばらくは様子を見たほうがよろしいかと。それよりも揉め事が多いことが問題ですね」

「揉め事ですか」

「現地の領民たちと戦争帰りの帰還兵との間で、諍いが生じているのです。現状は私の元部下たちと彼らの配下の者たちで見回りをしているところですが、こちらも人手が足りず……信用のおける者となるとかなり数が限られてきますので新たに人を投入するのも難しいといったところで……」

ゲイルが口を開いて、言い淀む。

元ナリス王国重機部隊の補給部隊長をしていたゲイルの部下ならば、信頼がおける。穀物泥棒を信用するというのも不思議な話だが、ここ数年で道路や橋を修復してくれていたゲイルたちはすっかり領地に根を下ろして、住民とも上手くやっているようだった。だが圧倒的に数が少ないのだ。

「戦地帰りなので、心を病んでいる者も多く、本人ばかりの責任とも言えないのですが」

「そう……帝都でも戦地からの帰還兵の扱いには困っているとは聞いております。なんとかならないのかしら」

戦争から戻ってきた兵は、凄惨な記憶から心を病む者も多く、働き口はあれど、働けない状態らしい。また狂暴な感情をもてあまして犯罪に走る者も多く、帝都の新聞を連日賑わせているほどだ。以前に帝都の街中でも帰還兵に絡まれている少女をバイレッタが助けたことがあった。

軍でも対処しているようだが、効果的なものではないと聞いている。

「戦争に行った者の辛さは戦争に行った者にしかわかりませんから。だからといって領地を守っていた者たちを腰抜けと馬鹿にすることはまた別問題です。なんとか抑えてはいますが、根本の解決には至っていません」

「少しよろしいか。一つ、俺から提案があります」

考え込んだバイレッタの横で、夫が手を上げた。

片手を上げたアナルドはいつもの無表情の仮面を張り付けていた。

きっと考え事があると表情を作る余裕がなくなるのだろう。意識して表情を作らなければならないとはなんとも面倒な話だ。

「その前に確認したいことがあります、被害の程度はどれほどですか。それと警戒する場所はどこになりますか」

アナルドの質問にゲイルが答える。

「喧嘩や盗みといった軽犯罪がほとんどです。けれど時には人死にに発展することもありますね。話が上がってくるのは、ここらあたりの農村地域で、このバアズという村は帰還兵が特に多いとのことです。農村地帯の中でも戦争に人手を出したようです。湯治場は若い男が出稼ぎで集まっていただけで、それほど被害の話は聞きません。こちらのケニアンの町は今、集中的に堤防を築いているため人が集まっており揉め事が多いですね」

「つまり注意すべきは南部の農村地帯と建設中の周辺の町というわけですね。そして帰還兵や工事に携わっている方たちだと……？」

ゲイルの説明を、アナルドが簡単にまとめると、彼は頷いた。

スワンガン領地は南部が農村地帯となり、北東部にかけて湯治場が広がる。水防工事は全域を網羅するように計画しているが、古いものをあわせても全体の三分の一程度の進行具合だ。手をつけ始めたばかりなので進捗が遅いのは仕方がない。

戦争帰りの帰還兵たちという人手が増えたが、分散させようとしてもまとめ役がいないため難しい。そのため作業できる場所が限られるというわけだ。

「揉め事を起こす全員が帰還兵というわけでもないですが、触発されてか全体の犯罪件数は増えています。水防工事に流れ者も多く雇っていますからね。外から流れてきた者たちが全員悪人とは言いませんが、善人ばかりでないことも確かです」

ゲイルが付け加えると、アナルドは地図に目を向けたまま思案顔で告げる。

「大切なのは犯罪を事前に起こさないための工夫です」

「といいますと?」

「揉め事の理由は何が多いですか?」

「肩がぶつかっただの、文句を言ってきただのと理由はくだらないことが多いですね」

「そもそもなぜそれほど人は不満を溜めているのでしょう」

「なるほど。現場の労働環境を見直したほうがいいということですね?」

ゲイルが明るい声を出した。

つまり軽犯罪を起こさせないように人々の不満を少しでも減らそうということだ。

今までは犯罪を取り締まることばかり考えていたが、起こす理由については思い至らなかった。

「そんなに劣悪な環境なのですか」

思わずバイレッタが口を挟むと、ゲイルは考え込んでいるようだ。

「そこまでではないと思いますが、確かめてみたほうがいいですね。不満を少しでも減らせれば効果はあると思います」

「農村地帯の帰還兵に関しては、戦争に行く前の生活を送ってもらって時間をかけるしかありませんから。暴れた時に抑えられるように見回りを強化するというのでいかがでしょう」

「さすがは狡猾と名高い灰色狐ですね」

ゲイルが感心したようにつぶやくのは、アナルドの戦場での呼び名だ。

情報操作を得意とし、相手の思考を読んで完璧に布陣するらしい。本人は自分の感情の機微には疎いようだが、相手の裏まで的中させるところは狡猾と言われるだけはある。戦場での詳細までは知らないが、バイレッタは夫の冷静で冷酷な姿は叔父から聞き及んでいた。

「私も以前は戦場に身を置いておりましたから、貴方の噂はかねがねお聞きしておりました」

「そうですか」

アナルドにはなんの感慨もないらしい。特に感情を揺さぶられたようには見えなかった。言われ慣れているのかもしれない。

「この度の南部戦線では貴方が提案した敵国の補給部隊への壊滅的な被害が決定打になったとか」

「どちらからその話を？」

「貴方の元部下だという方とケニアンの町でお会いしました」

「……そうですか」

アナルドが返事をした途端に、バイレッタの項がピリピリとした。ゲイルも夫の怒りを感じて口をつぐんだ。

え、今の話の地雷はなんだった？

不自然な沈黙に、バイレッタは戸惑いながらも決して顔を上げないように努めるのだった。


ゆったりした日程でスワンガン領主館にやってきたとはいえ、馬車の移動はそれなりに疲れたようだ。昨日は夢も見ずにぐっすりと眠ってしまった。

朝になって領主館の裏手に向かう。固まっていた体をほぐすためにも適度に動かすのは大切だ。稽古用の剣を携えてやってくれば、すでに先客がいた。

朝日の中、ゲイルがゆったりと素振りをしていたのだ。

「おはようございます、ご一緒させていただいてもよろしいですか」

「バイレッタ嬢。ええ、もちろん」

振り向いたゲイルは、バイレッタの手元にある剣を見つめて聞いていた。

「手合わせをお願いできますか?」

ゲイルはナリス王国の騎士の位にいたほどの手練れで、隊長まで務めていた。

バイレッタは異国の剣術にも興味があったので、もちろん二つ返事で応じる。

軽く準備運動をしてから手合わせをしたが、すぐに相手の力量に舌を巻く。何合か剣を交わすだけで、彼の剣技の絶妙さを実感した。

ガイハンダー帝国の剣は重厚なイメージが強い。それをバイレッタでも扱えるように工夫している。けれどナリスの剣技は華麗だ。その代わりに鋭い。とりわけゲイルの扱う技は鋭く的確で、とてつもなく速いのだ。ぶれない剣筋に純粋に憧れる。

バイレッタは剣を薙ぎ払った。

少し距離を置いてもすぐにゲイルに詰められる。何合か打ち合うと、ふっとゲイルが口角を上げた。

「さすがですね、部下から話に聞いていましたが、これほどの腕前とは……」

「ゲイル様には遠く及びませんわね」

「私は本職ですが、バイレッタ嬢は違うでしょう。本来なら守られるべき貴婦人だ。ですが、ここまでの腕があるのならぜひ部下に欲しいですね」

剣を交えながらも、ゲイルは穏やかに答えた。

「隊長だった方に求められるのは嬉しいです。面倒見がいいと部下の方からも聞いておりますから。それに、ゲイル様のおかげでやりやすいとバードゥからも報告が上がっていました。さすがですね」

「彼に褒められるとは光栄ですね。領主代理として長らく務めているので領地のことは一番よくわかっている方ですから。そういえば、彼はバイレッタ嬢のこともよく褒めていますよ」

「私ですか？」

「領主様をよく手懐けてらっしゃるとか」

面白そうに笑われたので、からかわれているのがわかる。噂でも義父を手玉にとったと言われるが、彼が指しているのはそういうことではないのだろう。

「誰もお義父様を働かせないから、仕方なく助言を差し上げているだけなのですけれど」

義父がいなくても領地にいる優秀な使用人だけで、上手く統治できてしまった。金は黙っていても入ってくるのだから、必然的にやる気がなくなったのだろう。領地に近寄らない原因が、前妻を亡くした悲しみだったとしても、やりがいがないというのが一番の大きな理由のような気がする。なまじ、優秀な使用人や配下が揃っていて義父が采配を振らずとも成り立ったことが裏目に出た結果だ。

領地の使用人一同がワイナルドに優しすぎたということもある。もっとこきつかって尻を蹴り飛ばすくらいでちょうどいい相手だというのに、腫れ物に触るように静観してしまったのだから。

「そんなことが言えるのは貴女だけでしょうね。ところで、結婚生活はいかがですか？」

剣を収めて、ゲイルがふと声をかけてきた。面白そうに義父のことをからかっていたのとは一転して、真面目そうな表情に、同じく剣を収めながらバイレッタはおやと思う。

「何か？」

「ゲイル様がらしくない質問をなさるので……気になります」

下世話な世間話など特に興味はなさそうだ。仕事一辺倒で真面目だとの報告は多数聞いている。別に近寄りがたい雰囲気はなく、どちらかといえば柔和だが生真面目な様子は動きを見ているだけでもわかる。そんな彼が尋ねてくるような話題とは思えない。

「貴女は我々の恩人です。少しでも辛いことがないよう、いつも貴女の幸せを祈っていますので。若様の様子と、これまでの領地の皆の話を聞けば随分と偏屈そうなお相手のようで。窮屈ではないですか？」

　領民が彼をなんと言っているのかはわからないが、軍の帰還兵や彼の部下からの評価は悪いものなのだろうか。バイレッタが嫁ぐ前から冷徹、冷酷と呼ばれていた男だ。評価も自ずと察せられる。

「ふふっ、ありがとうございます。今のところは問題ありません」

「ならば、よいのですが。どうも貴女のご夫君は領主様とはまたタイプの違った一筋縄ではいかないほど気難しい方のようだから」

　ゲイルが視線を動かすので釣られてバイレッタも瞳を向けると、三階の窓際に立ってこちらを見下ろしているアナルドの姿が見えた。

　いつからそこで見ていたのだろう。無表情で見下ろしている彼の思考は相変わらず読めない。たまたま嫁が剣を振り回している姿が目に付いて眺めているのだろうか。

　視線をゲイルに戻すと、バイレッタは肩を竦めてみせる。

「そうですわね、常に無表情か感情の読めない微笑を浮かべているかどちらかで、何を考えているのか全く摑めない方なのですが、ひとまずは気にしないことにしております」

「結婚相手でしょう。それでは後々困りませんか」

「解消する予定ですから。上手くいけばですけれど」

内緒ですよ、と付け加えるとゲイルは目を丸くした。

「領主様方が貴女を簡単に手放すとは思えませんが」

「約束がありますので。そのために今は耐えているところです」

「耐えるとは……つまり、愛情はない？」

「ゲイル様も意外にロマンチストでいらっしゃるのね。結婚に愛情を求めるなんてお芝居の中の話でしょう」

帝国歌劇で人気のある作品は不幸な結婚をした男女がかつての恋人とよりを戻すとか、愛で結ばれた夫婦が泥沼の離婚劇を繰り広げるだとかの演目だったはずだ。芝居の中でもなかなか幸福な結婚生活を見つけられないのに、現実ではさらに難しい。とりわけ政略結婚では。

自分の両親は恋愛結婚ではあるが、それこそひどく珍しい話なのだと知っている。まさか奇跡のようなことが自分に起きると夢見る年頃でもない。相手がアナルドであるならば尚更に。

彼は根っからの軍人で、多少家の影響はあれど基本的には実力で中佐にまでのし上がっている。そんな男が愛情に溺れるなどと思うはずもない。義父を見ていれば、彼が嫁に求めていることもなんとなく察せられる。

家を守り、夫を支え、決してでしゃばらない。適度に性欲を満たしてくれて、煩わしいことからは逃げられる手駒であること。そこに愛といった感情は必要ないのだ。だからこそ、彼は賭けを申し込んだのだろう。愛情があれば決して言い出さない馬鹿みたいな内容だ。

「なるほど。結婚生活には愛情はいらないとお考えですか」

「いらないとは思いませんが、必ずあるべきものとは思いません。特に私自身においては有り得ない話です」

そもそもアナルドからは無料の娼婦扱いだ。愛情だなんて、欠片も感じられない。

「離縁したいと申し出た妻に対して、一ヶ月の夫婦生活を行って子ができなければ別れるだなんて、おかしな賭けを言い出す相手ですよ。愛情なんて介在すると思いますか」

「まさか……本当に彼がそんなことを言ったのですか」

「もちろんです。彼が求めているのは自分に害を与えず利をもたらすだけの妻なんですよ」

彼は女避け（おんなよけ）になって時々は抱ける女が欲しかったのであって、そこに愛する妻という言葉は存在しないのだ。だったら、別に自分でなくとも構わないだろう。賭けをしてまで引き止められるほどには惜しいとは思われているようだが、ふざけた賭けの内容にそこまで重要視されていないと実感する。

ゲイルはなんともいえない複雑な顔をするけれど、バイレッタの本心は常に夫との離別だ。そして自由を手にするのだ。

「どうしてですか、貴女はとても素晴らしい女性でしょうに」

二人の距離はちょうど二歩分開いている。だが、バイレッタにはその距離が急に近く感じられた。

今までゲイルがこんな雰囲気を醸し出したことはなかった。

まるで口説かれているような居心地の悪さに、思わず瞬き（まばたき）を繰り返した。

突然のことに、眩暈（めまい）を起こしたかのような錯覚に囚（とら）われる。

「お褒めいただき……光栄、ですわ」

そんなバイレッタの戸惑いを感じたのだろう。ゲイルはいつものように穏やかに微笑んだ。まるで我儘（わがまま）を言う子供を宥（なだ）めるかのような顔つきだ。だが内容はさらに自分を追い詰めるものだった。

「貴女はどうも恋愛事が苦手のようだ。けれど、きちんと愛されるべき方です。そんなおかしな賭けを持ち出すような名目上の夫は必要ありません。そんなに悲しまれるなら、私が彼に宣戦布告しましょう。それに慕う相手が自由になるとわかっていてこのままじっとしてはいられません。私も本気を出してもよろしいでしょうか」

「ゲイル、様……あの、ご冗談は……」

「私が冗談が苦手なことくらい貴女もご存じでしょう。それにわかっているから誤魔化そうとするんですよね。バイレッタ嬢はとても賢いですから」

「ま、待ってください。これ以上、畳みかけないで」

男女の機微には疎い自覚がある。なんの予告もなく捲し立てられても頭が混乱するだけだ。彼はバイレッタの社交界の噂を鵜呑みにして近寄ってくる男たちとはわけが違う。自分を見つめる瞳に侮蔑はなく、ただ真摯な恋情があるだけだ。

そんな瞳を向けられるのは初めてのことで、火照る頬に気づかないふりをして、平静を装うだけで一杯一杯だ。

「今後のためにも、ご検討ください。ただ、私が貴女を崇拝するほどお慕いしていることを伝えたかっただけです」

ゲイルは穏やかに微笑すると、地面に片膝をついてそっとバイレッタの片手を持ち上げた。視線を上向けてバイレッタの目を見つめたまま持ち上げていた手の甲に軽く口づける。

ナリスの騎士が貴婦人に対して求愛を示す行いだ。

叔父が隣国に行った際の土産話で教えてくれたが、まさか自分の目の前で見られるとは思わなかった。

「どうか私の心を覚えておいてください」

領主館の裏庭から、剣戟（けんげき）の音が聞こえてアナルドはふと足を止めた。

廊下の窓から外を見下ろすと、見慣れたストロベリーブロンドが朝日に染められてきらきらと輝いていた。剣を扱うと知っていたし、帝都の家でも鍛錬していた。領主館でも稽古をしていると使用人からも聞いている。だが実際に彼女が鍛錬と称して、相手と剣を交えているところをしっかりと見たのは初めてだ。

軍にも女性はいるし、しっかり訓練に参加もできる。けれど妻は別だと考えていたが、乱れのない打ち合いの姿に思わず見惚（みと）れてしまった。あの襲撃の夜も見事な剣術だと惚（ほ）れ惚（ぼ）れとしたことを思い起こす。

それなのに、今は純粋に綺麗（きれい）だと褒めることは難しかった。

ゲイルと何合か打ち合って、二人はそのまま剣を収めた。

声は聞こえないが、楽しげに会話をしているようだ。

彼が何かを言うと、バイレッタはきょとんと無防備に見上げている。男にそんな無警戒でいいのか、とアナルドは腹立たしくなった。

夜会に出た時は一分の隙もなく、周囲に気を張りつめて臨戦態勢だったくせに。今は見る影もない。気を抜きすぎだろう。

イライラしながら見つめていると、不意にゲイルの視線がこちらを向く。

さすがは隣国で騎士位にいただけはある。

アナルドが見ていたことに気がついていたようだ。

彼に釣られて、バイレッタの視線もこちらに向いた。

しげしげと妻と見つめ合う。彼女のアメジストの瞳は陽光を受けて、遠目からでも美しく輝いている。思わず見惚れてしまうが、すぐに視線は逸らされて、ゲイルへと向かってしまった。

夫よりも長く見つめるとは、どういう了見だ。

二人は自分が見ているにもかかわらず、そのまま親しげに会話を続けている。バイレッタが何かを告げると、ゲイルは驚いた表情になる。見せつけるかのように楽しそうな二人に、ますます苛立ちが募った。

二人の距離は近すぎないだろうか。妻が夫以外の男とそんな近くにいるものなのだろうか。もっと離れるのが適切な距離というものではないだろうか。けれど、やきもきしているアナルドのことなど放って、二人はすっかり自分たちの世界に浸っているようだ。

ゲイルの言葉に、バイレッタが顔を赤くして戸惑ったように話している。かと思えば彼は穏やかに微笑しながら、そっと彼女の前で片膝をついて妻のたおやかな片手を持ち上げた。見つめ合ったまま、ゲイルはバイレッタの手の甲に軽く口づけた。

ナリスの騎士が貴婦人に対して求愛を示す行いだ。

帝国歌劇にもなっているほど有名な演目にも使われて、部下が恋人にねだられたと愚痴っていたのを覚えている。気障ったらしくてとても真似できないと嘆いていた。帝国軍人はいつでも雄々しくあれと言われ、優雅さとは無縁の世界だからだ。

ゲイルは元騎士らしく随分と様になっていた。

一枚の絵のように、調和のとれた風景のように見えた。

それが自分の妻でなければ、なんとも思わなかったが、実際にはバイレッタがされる側だ。

明らかに間男からの挑戦状だろう。

バイレッタと彼が言葉を交わしたのはたかだか十日ほど前だというのに、妻の魅力は凄(すさ)まじいものだ。簡単に男を魅了して手玉にとってしまうのだから。そしてこうして間男たちが助長する。

思わず窓から離れて自室へと向かってしまった。今回、領主館でアナルドたちに与えられた部屋は、もともと子供部屋の隣にあった物置部屋だった。すっかり改装されていて、一瞬なんの部屋だったか思い出せなかったほどだ。

二人で寝ても十分に広い寝台が一つ、文机(ふづくえ)にカウチと書棚が置いてある。地味だが、なんとも落ち着く部屋に仕上がっている。

バードゥによれば一週間で手を入れさせたとのこと。昨日改修が終わったところなので間に合ってよかったと笑っていた。なんともタイミングがよいことだ。部屋は先日バイレッタがいた時に、どうすればよいかと彼女に尋ねていたらしい。そうして妻はこの場所を選んだ。日当たりはそれほどよくないが、広さはある。

自分が使っていた子供部屋と隣の母の部屋は変わらずに、昔のままに残されているのを見て、妻の気遣いに触れたような気持ちになった。感傷のようなものは抱かなかったが、それでも居心地の悪い温かさが心に満ちる。

だからこそ、裏庭にいたゲイルと妻のやりとりを見せつけられて不快な気持ちが加速したのかもしれない。

その不快感は一日中、つきまとった。

朝食の席で同時にやってきた二人を見た時もそうだし、夕食を食べ終え、風呂上がりのバイレッタが与えられた自室のカウチに座った今もだ。なんとも居心地が悪い。

とりあえず彼女に何か言いたくて口を開きかけた途端、先にバイレッタから告げられた。

「今日からしばらくは共寝ができません」

唐突な言葉に、軍規違反を犯して死に場に向かう部下を見送るような視線を向けてしまう。

帝都から領地へ向かう移動中は宿をとったが、疲れもあるだろうと別々の寝台で寝ていた。領地に着いてもバイレッタはすぐに寝ついてしまった。だから今日こそはようやく一つの寝台で寝られると思ったのに、妻は自分を拒否するのだ。

感情を込めず柳眉を寄せ、ただ冷ややかに見つめる。

「それは――」

ゲイルが傍にいるからだろうか。抱かれているという事実を知られたくないからか。瞬時に浮かんだ感情はどす黒い塊となって、胃の奥に沈んだ。朝日の中、穏やかな二人の様子を思い、不快感に囚われる。

だが、すんでで言葉を飲み込んだ。バイレッタがやや気恥ずかしそうに、けれどどこか上機嫌で続きを口にしたからだ。

「月のものが来てしまったので……男性には不快でしょうから部屋も分けてもらって構いません」

月のもの？

一瞬、言われた意味がわからなくてアナルドは心の中でオウム返しにした。それから、自分と血の繋がった子はできなかったのだと落胆した。

そんな自分に動揺する。

賭けに勝たなければ彼女はいなくなってしまう。あっさりと背を向けるバイレッタの姿が簡単に想像できた。だというのに、賭けに負けたことに対する感情よりも、子供ができなかったことを気にするとは。

そんなに彼女との子供が欲しいのだろうか。

アナルドは自分に問いかけてみてもよくわからなかった。

自分が家庭向きでないことはわかっている。そもそも、妻どころか自分の気持ちすら不確かだ。けれど、やはりこの感情に名をつけるならば、落胆というのがしっくりくるような気がした。

だが、出てくる言葉には動揺を感じ取られないように神経を使う。しかしそれはバイレッタからの一言で一瞬にして霧散した。

「ですので、もう賭けは私の勝ちということでよろしいですか？」

「それはどういう――？」

「今、子ができていないのは明白でしょう。月のものがある間はそういうことはできませんが、アナルド様の休暇もそろそろ終わりになりますから、貴方もここにはいられません。必然的に私の勝ちだということです」

心底不思議そうに首を傾げた妻に、アナルドはようやく妻の機嫌がいい理由を知った。

アナルドはバイレッタと会った夜ではなく、一週間ほど早く帝都に戻っている。休暇はそこから始まっているので、実際には終わっている。ここにいるのは軍の仕事の関係なのだから、滞在日数は一週間以上延びてもなんら問題はない。

問題は、バイレッタが賭けの勝利を確信していることだろう。よほど子供ができない確信があるということか。確かに念書には避妊薬の類の使用を禁止してはいない。彼女が飲んでいるとあらかじめ想定しているので、市販品の避妊薬の欠点をついてアナルドのほうでも対処はしているのだが。ここで触れるのは得策ではないようだ。

敢えて彼女の勝ち誇った顔を意識しないようにしながら、にっこりと微笑んでみせる。

「残念ながら、戦争帰りですので、私の休暇なら延ばすことができるんですよ」

「そんな無理をなさらなくても」

瞬間、バイレッタは気まずそうな顔をしたが、アナルドはそれ以上言及しなかった。下手なことを言えば、自分の当初の思惑に彼女が気がついてしまう可能性があるからだ。

「では今日は早めに休みましょう。ほら、横になってください」

「え、一緒に寝るのですか？」

「月の障りが終わっても数日賭けの期間はありますよ。賭けの間はまだ夫婦ですよね。

体調が優れなくなるとも聞きましたから、ゆっくりしてください。何かしてほしいことはありますか」

「いえ、ありません。いつものことなので、数日すれば落ち着きますから」

「そうですか。では寝ましょう」

戸惑っているバイレッタの腕をとって、寝台へと押しやる。そのまま上掛けをかけて、自分もその横に身をつけた。

もし子ができていたと告げられたら、自分はなんと答えたのだろうと思いながら。

◆　◆

ふと目が覚めて、寄り添うぬくもりにバイレッタはほっと肩の力を抜いた。

領地に着いて緊張から解放されたからか、月のものが来てしまったので移動の疲れとはまた別の体のだるさが拍車をかけている。

アナルドにしばらく床入りできないと告げると、彼は不快そうに眉を顰めたが、女性特有のものだと言えば察したらしかった。

これで賭けも終了してバイレッタの勝ちが決定すると思っていたのに、アナルドの休暇は延ばせるらしい。自分の父ですら、そんなに長い間家にいた覚えはないので唖然としたが、つまり賭けはきっちりと一ヶ月で終了するようだ。

しぶしぶ納得したが、それでも一緒に寝るとアナルドに告げられて驚いてしまった。抱けなくても隣で寝てほしいらしい。むしろ欲が発散できない分辛いのではないかと思ったが、彼は特に気にした様子もなくさっさと寝る準備をしていつもよりもずっと早くに寝入った。

明け方の薄明かりの中でも、端整な顔立ちは変わらない。

ここまで整っていると嫉妬するのも馬鹿らしく、いっそ清々しくなってくる。

夫の顔をしげしげと眺められるのも、彼の腕がしっかりと自分を抱き込んでいるからだ。まるで抱き枕のような扱いに、そんなに抱いて寝たいなら適度な柔らかさの枕をプレゼントしようかなどと考える。

自分がいなくなったら、それを代わりに抱いて眠れば落ち着くだろうか。

それとも、代わりの女を用意するだろうか。

先日の祝勝会を思い出して、バイレッタは夫の人気の凄まじさを実感した。

少し離れただけで、彼に集まる視線の多さと熱量といったら。妻が傍にいてもいなくても変わらないのだから、女避けとして役立っていないのではと呆れるような気持ちになった。

自分の代わりなどすぐに見つかるだろう。

そう想像して、少しもやもやする自分に気がついた。

体を繋げる行為を許しているというだけで、自分の中にも彼に対して愛情めいたものができているのかもしれない。いやアナルドには腹立たしく思っているので、錯覚だろうとは思う。

それでも以前ほど異性を敵視するような自分は鳴りを潜めている。

だからといって、賭け事で自分を抱く男を許したわけではない。誰が相手でもよかっただろう彼のことを思えば、腹立たしさが消えるわけもない。どうせ彼にとって自分は気まぐれに抱ける無料の娼婦なのだから。

そもそもバイレッタは避妊薬を飲んでいる。飲んで半刻ほどから効果が現れ八時間持続するというものだが、頭のいいアナルドが賭けの禁止事項として盛り込まなかったことからも彼には賭けに勝つつもりがないことは明白だ。

まさか避妊薬の存在を知らないとは思えない。時折、突然の昼の行為や夜から朝方にかけてと避妊薬の効果が期待できない状況に追い込まれることもあるが、それでもあからさまに妨害を仕掛けてはこないので、やはり勝つことに拘りがないように思える。

怒っていることを彼に悟られたくない。だからこそ、平常心を保つように努め、彼に問い質すこともせず、流れに任せている。

だが、月のものが来てもこうして自分を抱きしめてくれるぬくもりが、心を温めてくれるのも確かで。それに子ができていなかったことに、少しだけ、そうほんの僅かにだが、がっかりもした。なんとも曖昧で不確かな感情に自分でも苦笑してしまうけれど。

世間でいう愛や恋はよくわからないし、過去のせいで男が苦手なのも変わらない。自分を確立したいという信念も曲げるつもりもないけれど、悲しんでいるのは確かだ。それはつまり彼に対しての恋情故だろうか。そこまで認めるのは癪なので、今はとにかく悲しいことだけは素直に認めてもいいかもしれない。

バイレッタはそっと目を閉じて、ふうっと息を吐いた。

昨日ゲイルに告げられた言葉を反芻して、今はまだ考えないように努める。

恋愛感情というものはどちらかといえば、自分とは関係ない世界だと思っていたから、未知なるものへの恐怖を感じるのかもしれない。

彼の熱の籠もった視線を思い出すだけで顔が熱くなる。ゲイルも想いを伝えただけで、どうこうするつもりはないようだ。ただ言葉の通りに、本当に知ってほしかっただけなのだろう。バイレッタの臆病な心を知っていて、優しい彼は自分に合わせてくれているのだとも感じた。

ゲイルは誠実でとてもいい人だ。彼となら穏やかな恋ができるかもしれない。だが、それも今は無理だ。アナルドとの賭けが続いている間は。

年齢を重ねても恋愛ごとに不馴れな自分に少し呆れもするが、改めて苦手な分野なのだと実感する。

お金や帳簿のように、わかりやすいものだったら、簡単なのだが。

紙面を眺めるだけで、正しい方向がわかればいいのに。

できればそっとして、時間が経っていずれの想いも風化させてくれないだろうか。

バイレッタはこっそりと願ってしまうのだった。

ケニアンの町はスワンガン領地のやや北東に位置する川沿いの町だ。支流の一つに沿って造られた町なので、水の被害も多く古くに堤を築いた痕跡の残る町でもあるため最初に水防工事に着工した場所でもある。今は補修のために人手を割いているところだ。早急な視察を求められたが、ついでに堤防を延ばすことも計画している。

それなりの人口があり、国の玄関口でもある。必然的に商業が盛んで、交易路にもなっているので、この町の守りはしっかりしたい。

人が集まれば揉め事が起こる。ケニアンも例外ではなく、治安の悪化を訴えている。

そこを視察の第一に選んだのはアナルドだ。

理由は特に話していなかったが、反対することもないので、バイレッタとアナルド、ゲイルで視察に向かうことになった。

日が高くなってから領主館を発って、二時間ほどで町に着いた。町の門をくぐり、馬車は広場のような場所で停まった。

出迎えたのは町長だ。以前に義父と一緒に訪れていて、バイレッタとは面識がある。昨晩に伺う旨の通達はしていたので、出迎えるために待っていたのだろう。

「ようこそ、ケニアンの町へ。この度は河岸工事の視察と伺いましたが……」

挨拶を述べた町長が馬車をしきりに気にしている。きっと領主たる義父の姿が見えないことに困惑しているのだろう。以前は全く領地に姿を見せない男だったから信用がないのだ。また寄り付かなくなってしまったのか、もしくは体調不良などで姿が見えないのか、いろいろと脳裏をかすめているのだろうことは容易く想像できたが、詳しく説明する義理はない。

なぜここに領主がいないのかはバイレッタが知りたいくらいだ。なぜ彼は温泉場の迎賓館から出てこないのか。

町長の探るような視線をにこやかにかわす。

「ええ、その通りですわ。さっそく現場に向かいますので、よろしいですか」

「かしこまりました。視察後はこちらにお戻りください。ささやかな歓待の場を設けさせていただきますので」

「わかりました。では、出発しましょうか」

こうしてようやく現場の視察に向かうことができた。

向かった先はスワンガン領地の真ん中を流れるメデナ川の支流だ。その川の傍には大きな石が積み上げられている。山から切り出した石で、しっかりとした土台とするためだ。

川べりに立って指揮をしていた男が近づくバイレッタたちに気がついて、駆け寄ってきた。

現場監督の男で、ゲイルの部下だ。皺に覆われた顔はよく日に焼けている。厳めしく見えるが、目元は穏やかだ。

「これはゲイル様、今日はどうされました？」

「視察だ。工事の進捗状況を説明してくれるか」

「ああ、そういえば連絡が来ていましたね。進捗具合はまあ見ての通り始まったところです。人手は増えてありがたいんですが、思うほどには進んでいないですかね」

男が作業をしている者たちを示しながら、説明をしていく。

と、突然ドボンと大きな水飛沫（みずしぶき）が上がった。

作業をしていたはずの数人の男たちが川の浅瀬で乱闘になっていた。殴ったり蹴りあったりと凄まじい。

「ああ、また始まったか……」

飛び交う怒号を聞きながら、現場監督の男が肩を竦めた。

「いつものことなのですか？」

思わずバイレッタが尋ねると、男は大きく頷いた。

「地域で集めた者たちと戦争帰りの者たちとの間に、つまらないいざこざが起こるんですよ。戦争に行ったのが偉いとか残っていたから腰ぬけだとか、まあ罵る言葉は決まっていますがね」

思いのほか、根が深そうだ。

バイレッタが思案げに眺めていると、一際大柄な男が暴れている男たちを次々と川に放り投げた。物凄い力技だ。

漆黒の艶やかな黒髪に、男らしい顔つきをしている。褐色に焼けた肌は逞しく鍛え上げられており、アナルドと同年代にも見える。

「こんなところで急に遊び出すなよ。頭冷えたら、仕事しろ」

男が腹に力を入れた重低音で告げる。決して声を荒らげたわけではないが、よく通る声に川から上がった男たちがまた作業に戻っていく。

バイレッタは感心した。

「凄いですね、彼の一言で作業が再開しました」

「ああ、ウィードですね。まぁ騒ぎを大きくすることもありますが、時々はああやって収めてくれます」

いつもの光景なのか現場監督の男が苦笑交じりに告げると、ゲイルが穏やかに続ける。

「彼が昨日話していた人物ですよ。ほら、アナルド様の元部下です」

あれ、それ地雷じゃありませんでした？

バイレッタは瞬時に青くなる。

「ああ、確かにアイツは怪我が元で帰ってきたと言っていましたね。そうですか、元部下とは。ウィード、ちょっとこっちに来い」

ゲイルの話を聞いた現場監督の男が気を利かせて、彼を大声で呼んでくれる。

だがバイレッタは生きた心地がしなかった。確実に自分の隣に立つ男の気配が変わったからだ。ひやりとした冷気を感じる、気がする。

「なんですかね、監督――って、ありゃ連隊長殿じゃないっすか！」

気だるげに歩いてきた男は、アナルドに気がつくと目を輝かせた。髪色と同じく黒い双眸が太陽の下きらりと光る。曇りのない瞳に、バイレッタは納得した。

なるほど、自覚のない馬鹿なのだろう、と。

「ウィード・ダルデ少佐、いつも言いますが落ち着いてください」

「除隊しましたから元ですよ。普通に名前で呼んでください。それにしても、相変わらず連隊長は美人ですねぇ」

「貴方は本当に変わりありませんね」

「そりゃあ、唯一の俺の取り柄ですから。いつも元気で明るく、ってね」

アナルドは決して褒めたわけではない。だが、ウィードは嬉しそうに破顔した。

会話が微妙に噛み合っていないが、二人の会話はこれが通常なのだろう。アナルドは諦めているようにも見える。

「バイレッタ、彼はウィード・ダルデ元少佐です。元部下ですので、覚えなくてもいいのですが」

　そんなに元を強調しなくても、アナルドが関わりたくないと思っていることは十分に伝わっているから安心してほしい。

　だが紹介された当人は全く意に介していないようだ。

「うおー美人の隣にこれまた美人が。お嬢さん、おキレイですね」

「妻に気安く話しかけないでください」

「妻って……何？　え、アンタ結婚したの⁉」

　驚愕（きょうがく）の表情のまま敬語の抜け落ちたウィードがアナルドに物凄い勢いで嚙みついた。元上官とはいえ、無礼には当たらないのかとバイレッタは思わず気を揉んでしまう。

「結婚はもともとしていましたが」

「ああ、確かに既婚者だとか聞いたっけな。それって信憑（しんぴょう）性の低い噂だって話じゃなかったか？　いやでも、アンタの嫁なんて想像できなかったんだけど……こんな人非人に、妻だと。しかもすこぶる美人！　羨ましいっ」

頭を抱えて絶叫したウィードの横でアナルドは作り物めいた笑顔を浮かべた。

「視察を続けてください、バイレッタ。彼は俺が引き受けますから」

「えー、オレも入れてくださいよ。もう彼女の隣で息吸ってるだけでいいですから」

「妻が穢(けが)れるのでやめてください」

「ちょっ、連隊長殿ひどい！　昔はいろいろと下の世話をし合った仲じゃないですか」

「俺には全くそんな記憶はありませんが」

「えー、そんな無情な。あんたのケツを守ったの誰だと思ってるんです。そうそう奥様聞いてくださいよ。連隊長殿ってば部下のために自分たちの給金から高級娼館(しょうかん)のすんごいイイ女たちをあてがってくれてたんですよ。泣かせる話じゃないっすか？　おかげでもうイイ女しか抱きたくなくなっちゃって、どうしてくれるんですかね……」

いい話が一瞬にして残念な話になったがいいのだろうか。

バイレッタは適当な相槌(あいづち)が思い浮かばず、生返事をした。

「ありゃ、こんなところで何やってんです、奥様」

そのままウィードはアナルドに叱られているようだったので、放置してバイレッタは視察を続けた。それから少しして、川べりで補修工事を眺めているとウィードが近づいてきた。

自分の隣にはゲイルがいるが、アナルドはいないので安心してやってきたのだろう。もしくは逃げてきたのかもしれない。彼の元上官は今、現場監督を伴って、新たに築かれた堤防の詳細を聞いているので。

ウィードは無言で警戒しているゲイルを気にした様子もなく、飄々とやってくるのだからかなりの大物かもしれない。

「補修工事の様子を確かめておりました。何か御用でしょうか」

「アンタ随分と有名だそうじゃないか。スキモノなんだって？　どうかな、今夜はオレに靴を脱がさせてくれないか。なかなか上手いぞ、自慢の逸品もあるしな」

夜をともにしようという帝国貴族の誘い文句だ。寝台に上がる前には必ず靴を脱ぐ。それを脱がせるから、一緒に寝ようという意味だ。

つまり彼は爵位持ちかその関係者ということになる。言いなれた口上には、気品すら感じるのだから不思議なものだ。内容は相当にゲスだが。

大方、作業中の男たちからバイレッタの噂でも聞き付けたのだろう。領主とその息子を手玉に取る女とか、総監督たるゲイルと怪しげな関係を持つ女だとかだ。

「私、それほど安い女じゃありませんの」

にこやかに微笑めば、ウィードは少し目を瞠って、破顔した。

裏に込めた意図を男は正確に読み取ったようだ。

だが、これほど衒いのない笑顔を向けられたのは初めてのことで、むしろ自分のほうが戸惑ってしまう。

「連隊長殿と結婚するだなんて、どんな勇気のある女かと思ったが……なるほど、これは手ごわそうだ」

「その気もないのに、口説かれる方には仰られたくないですわね」

軽く睨み付けると、彼は至極真顔で当然のように述べる。

「何言ってんだ、イイ女がいれば口説くのは当たり前だろ」

「呆れた方ですこと」

元上官の妻だろうと関係ないということか。相手によっては軍法会議ものではないだろうか。アナルドの苦労がしのばれるというものだ。

不意に顔を横に向けて、ウィードはぎくりと顔を強ばらせた。危機察知能力は動物並だ。

「おっと、連隊長殿に気づかれたな……なあ、素晴らしくイイ女であるアンタに忠告してやろうか」

「早く逃げないと、殺されるんじゃないですか？」

大股でずんずんと近づいてくるアナルドの表情は大変厳しい。無表情ではあるが、ある程度ならば機微を察することができる。それでいうとかなり機嫌が悪いほうだ。夫を見つめながらぐずぐずしている男に向かって辛らつに告げれば、彼は嬉しそうににやりと口角を上げる。

あら、嫌だ。変態なのだろうか。アナルドに痛め付けられたい願望でもあるのかと疑いたくなるほどに。

「連隊長殿には本気にならないほうがいい。本質は鉱石みたいな男だ」

アナルドを鉱石に喩(たと)えるなんて洒落(しゃれ)ている。

硬くて無機質。夫を表現するのにこれほど適したものはないだろう。

それはバイレッタにもよくわかっている。だからこそ、最上級の笑顔で頷いた。

「ええ、存じ上げておりますとも」

　晩餐会は町長の屋敷で少人数で行われたが、そこにアナルドの姿はなかった。体調が悪くなったので欠席させてほしいと告げて、ふらりと馬を駆って出かけてしまったのだ。

　体調が悪いならば、今夜泊めてもらう町長の屋敷でゆっくりしておけばいいものを。

　豪華なクロスがかけられた長テーブルは、町長の暮らしの豊かさを表している。

　このあたりでは一番発展している町の長なのだから当然だろうが、帝都で暮らす領地なしの爵位持ちよりよほど贅沢ではないだろうか。地域の特産物が並ぶ食卓は彩りも鮮やかで見た目にも楽しめる。趣向を凝らした食卓に、思わずため息が出るほどだ。

　交易の玄関口のため、豊富な食材と香辛料を活かした素晴らしい料理の数々を堪能できた、と思われる。出席者の人数が少なすぎて断言できないのが悲しいところだ。

　本日の視察の報告を交えながらの食事に、ゲイルも同席してもらったのが唯一の救いだ。

　バイレッタの横で町長とゲイルは終始穏やかに会話を続けている。

「ではまだ、工事には時間がかかりそうですな」

「そうですね、長引くと困ったことになりますか？」

「今年の長雨の時期は乗り越えましたから、堤防の問題はありませんが、これからずっと寒気が強くなりますからね。心配なのはそれですかな」

だが、ふと町長が思い出したように声を上げた。

「そういえば、バイレッタ様が以前ご助言くださったデンバーのタペストリーですがね、やはり最近価値が上がってきたのですよ」

「そうですか」

以前バードゥから隣国タルニアンの商人たちがデンバーという国から仕入れたタペストリーを自国では売れないからと購入を迫ってきたことがあって、困っている町があるとの報告を受けた。タペストリーといっても細く柔らかい糸を織り合わせた不思議な模様のもので、異国情緒溢れる代物だ。

その話を義父に相談していたが返事が貰えないので、バイレッタにも相談したいとバードゥの手紙に書かれていた。すぐさま返事を書いたのは記憶に新しい。手紙には、安値で仕入れて大切に保管しておくよう助言した。

デンバーはタルニアンより南にあるため薄い布が流行っている。薄い布は涼やかさや軽やかさを与えるが、タルニアンやガイハンダー帝国は寒冷地が多く重厚で温かみのある布が喜ばれる。必然的にタペストリーも重厚感のあるものが選ばれる。

時もよくなかった。戦争の真っ最中で華美なものや新しいものを控える風潮だったこともある。だが、終戦になり帝国内は一気にお祭りムードとなり、目新しいものや派手なものが流行している。柔らかい糸で編まれた精緻なタペストリーも華やかで好まれているらしい。

町長はホクホク顔で話を向けてくる。

バードゥからバイレッタの助言だと聞いたのだろう。

だが、ゲイルとは反対側の隣の空席のせいで、バイレッタは始終頬を引きつらせるしかない。贅沢な料理にも空席のせいで残念度合が増している。味わう心の余裕がないのだ。

「領主代理様から貴女の言うようにしろと言われた時には不思議に思いましたが、さすがはバイレッタ様ですな。領主様が随分と目をかけられるわけだ」

「彼女は帝都でも一、二を争う商人でもありますし、社交界の最先端をいく方だそうですから」

「ゲイル様はどこから話を聞かれますの？　あまりに持ち上げられすぎて恥ずかしいですわ」

「もちろん領主様方ですよ。ご自慢の嫁ということでしょう」

そうか、情報源は義父か。

ワイナルドが人を単純に褒めることはない。きっとゲイルを牽制でもしたのだろう。だからこそ、今は自分が手綱を握っているとでも言いたかったのかもしれない。

義父の裏の思惑を感じさせないゲイルの口振りに、町長は穏やかに頷いた。

「そうでしょうとも。今度はぜひ領主様や若様ともご一緒ください。お二方からもぜひともお話を伺いたいものですから」

「ええ、お義父様も夫も必ず顔を出させますから」

伝えておくでも、出させるようにするでもなく必須だと告げる。人に仕事を押し付けて逃げている似た者親子を思い浮かべながら、バイレッタはいつも以上に艶やかに微笑む。

顔を合わせたら、欠席したことを絶対に後悔させて差し上げますわ、と念じながらほほほと乾いた笑い声を上げるのだった。

目の前で酒を一滴も飲まずに管を巻いている美麗な男は誰だ？

時刻は日暮れ過ぎ。ウィードが行きつけの酒場の片隅でささやかな夕食と一杯の麦酒でちびちびやっていたところに、元上官が乗り込んできた。

彼は視察の終わりに現場監督の男にウィードの仕事終わりの動向を尋ねたらしい。そして町の酒場を教えられこうしてやってきたと話す。時々、現場監督の男とも一緒になることもあるが、たいていウィードはここにいるのだから見つけるのは簡単だ。

あの美貌の嫁との晩餐を断って、むさくるしい男の元にやってくるだなんてよほどだなと腹を括る。

現に元上司であるアナルドは無表情のまま、折り入って話があるという。

いったい何事かと固唾を飲みつつ長い説教を聞いていたが、まとめると、どうやら南部戦線の極秘作戦を部外者にベラベラ話したことでお叱りを受けているらしいとわかった。

「ですが、詳細は漏らしてませんよ」

「当たり前です。部外者に話していいことではないでしょう」

アナルドの立てた作戦は敵国の補給部隊を叩くという定石のようなものだった。さすが彼だとウィードら部下たちが感心したのは、補給部隊を半壊させたことだ。

半分は見逃した。だが、ただ見逃しただけではない。その補給物資の食料の一部に毒を仕込んだのだ。

命からがら補給物資を守り抜いた者たちのうち、ランダムに人が死ぬ。同じものを食べてある者は生き残り、ある者は死ぬ。飢えと退路を絶たれ追い詰められた相手は疑心暗鬼に陥り、結果的に敵国の内部分裂まで引き起こした。

あの作戦で随分と戦況が楽になった。

ウィードは作戦の内容を詳細に語ったわけではない。ただアナルドの人間の感情を利用した心理作戦を凄いと褒め称えただけだ。

だが、どうやら告げた相手が悪かったらしい。

「ああ、アダルティン総監督は奥様の火遊びの相手ですか」

昼間にバイレッタに話しかけた時に、隣に並んでいたゲイルを思い出しながら、からかうように口を開けば、物凄い殺気が飛んできた。

ゲイルからも冷ややかな視線を向けられたが、あの時以上に身が凍る。慌てて、表情を引き締めた。

「うわっ、冗談じゃないですか。アンタの奥さんが浮気とかするはずがないでしょう。わかってるくせに、本気で怒るんだからなぁ」

「なぜ浮気しないと言い切れるのですか」

「え、そりゃあ、あんな切り返しされれば、どんな馬鹿でもわかりますよ。いや、心底馬鹿には通じないかもしれないが」

バイレッタは夜の誘いをかけた相手に自分は安くないと挑発してきたのだ。とんだ牽制だ。

見た目は派手な女性で、噂も華やかだが内情は堅実なのだろう。

そもそも賢い男は噂だけで遠巻きにする。頭の軽い遊びたい男は、彼女の挑発に怒りを感じるだろう。自尊心を傷つけられた男の行動など、だいたいは力技だが、きっと撃退できる方法も心得ている。

そんな彼女が噂通りのわけがない。全くもって隙がないのだ。

ゲイルもわかっているから、口を挟まなかったに違いない。

「俺の妻に何をしたと？」

不用意な一言は慎もう。

先ほどよりもさらに凄みの増した視線に、心底肝が冷えた。

「ち、ちょっと……目がマジだから！　本当に怖いからやめてっ。ただ、いつものように褒め称えただけだから。アンタの奥さんがイイ女すぎるのが悪いんですからね⁉　オレだって、久しぶりに楽しみたかったんだ……っ」

「全く……本当に変わりませんね」

ウィードの女癖の悪さを知っているだけに、アナルドはあっさりと引いた。嫌がる相手に無理強いはしないことだけは定評があるのだ。

女性に対する日頃の行いは品行方正でよかったとウィードは思った。一般的な行いという意味では相容れないだろうが。

「連隊長殿は、随分と変わりましたね。アンタが嫁に入れあげてる姿とか、誰も想像できなかったでしょうねぇ」

鉱石のような男だと信じていた。彼の上司ですら人形のような男だと語っていたのだから。

それが、嫁という単語でこうも豹変するとは驚きだ。

ウィードは、かつての仲間たちの驚きを間近で見られないことを残念に思った。そういえば南部戦線の祝勝会が帝都で盛大に開かれたと聞いた。もちろんアナルドやかつての仲間も招待されて参加したはずだ。その時に彼らは上官をからかったのだろうか。一緒になって交じりたかった。命も危ないだろうが。

「アンタが想うようには奥さんに慕われてないってところがまた笑えるなぁ」

「そう見えますか」

「慕われてないというか、信用されてないですよね。アンタのこと本気にならないよう忠告したら存じ上げておりますときましたからねぇ。さすがは我らの氷の連隊長殿だ、異名は伊達じゃあないって感動したんですけど……アンタあの奥さんに何やったの」

彼女の笑顔は仮面のようだった。下に潜む激情を綺麗に隠すための蓋のようなものなのだろう。

それほどアナルドが妻を怒らせているということだ。頭のいい連隊長のことだから、何か意図があるのだろうとも思うが、上手くいっていないような気もする。

別にウィードは二人の仲が拗れようがどうでもいいのだが、元上司である彼には借りがある。本当に戦場であの高級娼婦たちは最高の夜を与えてくれたのだ。

元上司の恋の悩みに少しくらいなら付き合ってやってもいいかなと思えるほどには感謝している。

「なるほど。その観察眼は、今の俺に必要なものなのかもしれません。では、効果的な女の孕ませ方を教えてください」

「は、あの連隊長殿……酔ってます？」

「酒を飲んでいるのは貴方ですが」

「ですよね、いや、それはオレもわかってますが……」

会話の行方が突拍子もなくて、ウィードの頭が働かない。

「あの、酒を追加で頼んでもいいっすか」

「それが素晴らしい助言に繋がるなら許可します」

作戦の実行にゴーサインを出すようにアナルドが重々しく頷くのを、全く思考を止めてしまった頭でウィードはぼんやりと眺める。その少し後に、追加の麦酒が運ばれてきたので一息で飲み干し、空になったジョッキをテーブルに叩き付けながら必死で言い募る。

「いや、待ってください。それをオレに聞くのは間違ってますよ。オレは失敗したことありませんから。責任取れと迫られたこともありませんよ。そういうのは子供がいる妻帯者に聞くべきでしょうが。なぜさも女を孕ませたことがあるように認識されているんです？　女遊びの鉄則はきちんとした避妊を心がけることでしょうが。孕ませたら遊べなくなっちまう」

「孕ませないように気をつけている貴方だから、むしろ誰よりも孕ませ方を知っていると思いまして」

「え、それはオレじゃなくてもいいでしょう？　アンタの上司のほうが上手だ」

「ドレスラン大将閣下に聞いても面白がるだけです。それに彼の普段の行いはすでに対応済です。妻には効果が今一つでしたから、信用性が低いんです。ですから、今度はバイレッタを見抜ける貴方にぜひ聞いてみたいと思いまして」

冷静に説明されれば、一応は納得できる。だが、なぜ自分なのかはやはり疑問が残るのだ。

「そりゃ、あんなマメな遊び人を参考にしちゃ奥さんは怒るんじゃないっすか」

「ほう、それは閣下にも言われました。なぜです」

「アンタの奥さんみたいなタイプは目に見えないものを重視するからですよ。たとえば言葉とか心です。気遣う態度や声かけで愛してるって気持ちを表すんですよ」

目で見えないものをどう表現するのかといえば、アナルドが最も苦手とすることだった。だが、確かモヴリスも似たようなことを言っていた気がした。

「ふむ、愛している、ですか」

「え、なんでそんなこと聞くんです？　奥さんを愛してるから子供が欲しいんですよね」

問いかけると、アナルドのきょとんとした瞳とぶつかって、ウィードは思わずのけ反りそうになった。

「アンタ、マジですか。自覚ないとか言わないでくださいね」

「自覚とは？」

「だから、愛している奥さんとの子が欲しいってことですよ」

「なるほど、やはり参考になります。ああ、心配いただかなくても俺はちゃんとバイレッタを愛していると自覚しています。すでに指摘されましたからね。ただどちらかといえば、今は逃したくないという気持ちが強いというだけです」

それを聞いて、ウィードは不安が増した。なぜだ。普通は胸を撫でおろすのではないだろうか。

愛していることを指摘されて自覚した？

その感情よりも逃がさないという気持ちが強い？

愛情が先で、次に逃げられたくないと思うのが普通なのでは。冷徹で冷酷と恐れられるアナルドが妻に対して愛情があると自覚しているだけで満足すべきなのか。いや、元上司の言い方に問題があるのではないのか。そもそも指摘されないと自覚しないという時点でなんだか不安になる。彼は鈍いのか。

愛情を自覚して元上司も少しは変わったと認識すべきか、相変わらず冷静なのだと呆れるべきか判断がつきかねた。

だが、彼はウィードの戸惑いなど気にした様子もなく、話の続きを促した。

「で、どうすればいいですか」

「はぁ、アンタ本当に性格変わったのか変わってないのかよくわかんねぇが……まぁいいや酒も貰ったしな。確か、女の月のものが終わってから一週間よりやや長い間は抱きませんね。体温が高くなって少ししてからにしてます」

「体温？」

「女って体温が結構変わるんですよ。抱いてて温かい時にお願いするようにしてますね。それが一番孕みにくいんだって馴染み（なじ）の女が教えてくれたんで」

ただし、とウィードは付け足すのを忘れなかった。

「俺がさも失敗して女を孕ませたかのような認識は、絶対に忘れてくださいね」

◆　◆

スワンガン領地に到着してから四日目。晴れた日が続いたのでバイレッタは山間の治水現場へ視察に行くことにした。領主館から馬車で揺られること四時間、そこから軽い山歩きが三時間の場所だ。

同行するのはゲイルとアナルドに、帝都からわざわざ来てもらった調査員とその助手だ。調査員は中年の気のいい男だ。この水防事業のために帝都の大学から招いている学者でもある。計画の段階から領主館に部屋を与えてあるが、年がら年中帝国内を巡っているらしく身軽で行動が早い。どこにでも足を使って移動をしていく。地質学と土木学を学んでおり、治水の専門家だ。研究熱心で身だしなみにだらしないところが、貴族に嫌われる理由だそうだが、バイレッタは能力を高く評価している。

調査員である学者に従いながら山道を進むと、不意に隣を歩いていた夫が声をかけてきた。

「足元に気をつけてください」

アナルドが手を取って引き寄せてくれる。足場の悪い川べりは苔むしていて滑りやすい。今まではゲイルが支えてくれていた。それが夫に代わったようだ。一応、賭けの間だけの妻だが、優しくする気はあるらしい。

「ありがとうございます」

「しっかりと握っていてくださいね」

にこやかに微笑する夫が別人のように思える。

愛想を振りまくことにした理由がわからない。

仲の良さを示したところで、ここには愛妻家をアピールしなければならない相手はいないはずだが。けれど夫に何を考えているのか問い詰めても明確な答えは得られないような気がする。

結果的に、バイレッタは乾いた笑いを漏らすだけだった。

「随分と仲のいい夫婦なんですねぇ」

間延びしたように、調査員が口を開いた。

「戦地からようやく戻ってこられたのですから、当然ですよ」

戦地から戻ってきた夫は妻を馬鹿にするような賭けなど持ち出さないが。

バイレッタは否定したい言葉をぐっと飲み込んだ。

学者は基本的に研究対象にしか熱意を傾けない。今の発言だって今日はいい天気ですねぐらいの挨拶のようなものだ。

「しかし、先日の雨で随分と道が悪くなっているね。川も増水していて危険だし。ここから手を入れたほうがいいかもしれないな。ちょっと、測量計出してくれるかな」

「はい、博士。こちらになります」

小柄な青年が背中に背負っていた鞄から道具を取り出して渡す。学者はあっちこっちをウロウロしながら、すっかり自分の世界に入っている。助手が彼の後ろをついて歩くので、なんだか微笑ましい光景だ。

　アナルドは風景を眺めるように二人の行動を無表情で眺めている。これが夫の通常なのでむしろ落ち着く。

「そういえば、水質も調べないといけないな。あっちとこっちでサンプルを採取しておいてくれ」

「わかりました」

「博士、以前にお渡しした例の粉ですが、持ってきておりますか」

　博士と助手が動くのを眺めつつ、バイレッタは声をかけた。博士がにこりと笑顔で応じる。

「もちろん。いくつか試して結果をお伝えしますよ」

「何を頼んだのですか」

　博士とのやり取りに不思議そうにアナルドが尋ねてくる。

「水質を変える魔法の粉を博士に渡してあるのです。その効果を確かめたくて、博士にお願いしておりました」

「魔法の粉？　貴女は本当に随分と物知りですね。今度は何を計画されているのか」

　興味深そうにアナルドが目を細めた。バイレッタは、はぐらかすように視線をゲイルに転じて声をかける。

「手を加えるとなると、足場が必要になりますね」

「ここに来るまでの道も整えなければならないでしょう。資材を運ぶのにも時間がかかりそうだ」

「確か以前の工事の際に、別の道を広げてあるという資料を読んだ気がします。迂回して上から降ろしてきたほうが早いんじゃないでしょうか」

横に立つゲイルに続けて問いかけると、彼は周囲を見回しながら足元に目を向けた。

「そうですね、私もその資料は拝見しました。確かここより北のほうにあったかと思いますが……」

「帰りはそちらの筋から戻りましょうか。博士たちにも見てもらったほうがいいですわね」

「先日の雨でどこまで使えるかわかりませんから、一緒に確認したほうがいいですね」

頷いたゲイルを確認してからアナルドを見上げると、彼は随分と険しい表情をしていた。

「どうかしましたか」

「体のほうは大丈夫なのですか」

「は？」

「え、まさか若奥様は妊娠されてらっしゃるんですか!?」

いつの間にか近くにいた助手の青年が頓狂な声を上げた。

「そんな身重で山を登るだなんて、むちゃくちゃですよ。若旦那様も止めなければ！　せっかく戦争から戻られて若奥様と一緒にいられて喜ばれるのもわかりますが、女性はもっと大切にするものです。そもそもこんな山歩きに連れてくるだなんてもってのほかで――」

月の障りの三日目で貧血ぎみなところに、山登りまでしてしまったのだから当然かもしれないが立ち眩みがする。いつもよりも青い顔色でふらふらしているので、アナルドは見かねて尋ねてくれたのだろう。

助手の青年は独身でいつも学者の世話ばかりしているので嫁の来てがないそうだ。女性を神聖視していて、初対面の時から何くれとバイレッタを気遣ってくれる。だが先走った誤解に、懇々と怒られている夫を見るのは少し可哀想だが、自業自得でもある。

どうにもアナルドには言葉が足りないところがある。端的に言葉をまとめてしまうので、知らない相手が聞けば誤解を与えかねないのだ。

これで少しは反省すればいい。

いつも振り回されているバイレッタは、さていつ助けようかと考えながら成り行きを見守ると、ゲイルがこっそりと耳打ちしてきた。

「妊娠してらっしゃるんですか？」

「誤解なんです、少し血が足りなくて……」

「そうですか。では帰りは最短距離で戻ってください。上からのルートは私と博士が見てきましょう」

「ありがとうございます、ゲイル様」

貧血ぎみなのは本当なので、素直にゲイルの気遣いに甘えることにした。

山歩きの帰りはゲイルと学者たちとは別行動になった。バイレッタの顔色があまりに悪かったからだ。

無表情のまま体調を気遣うアナルドの真意は不明だが、いつものことだと笑えばそれ以上は何も言わなくなった。ただゲイルの提案には素直に従う。

確かに貧血で世界が回っている。今から山を歩いて下るとなると、できるだけ短い距離でお願いしたい。

麓まで戻って待機させていた馬車にバイレッタが乗り込む頃には正直、一歩も動けない状態になっていた。アナルドの正面に座って、早々にクッションにもたれて目を閉じる。

こんな時には寡黙な夫というのはとてもありがたい。

今は馬車の揺れだけでも辛い。

屋敷に戻ったら、ゆっくりと風呂に浸かって寝台でゴロゴロしてやると心に決める。

目を閉じていると、不意に向かいの座席がぎしりと音を立てた。目を開けるのも煩わしいので、そのまま目を閉じていると隣に誰かが座る気配がする。アナルドだ。

だがなぜわざわざ狭くなるような隣に座るのだろうか。何をするつもりなのかと訝しんでいると、クッションを奪われた。この状況で支えを奪うなんて、と元気ならば文句の一つでも言っているところだ。だが、そんな気力もない。

クッションをどけられた代わりに、硬くて温かいものに包まれた。薄いシャツの感触に、アナルドの体にもたれかけさせられたのだとわかる。

彼の心臓の音が規則正しく拍動している。腰に回った腕がしっかりとバイレッタの体を固定していた。

何、捕まった？

軽く動揺している間に、頬にかかった髪をさらりと横に流されたのがわかった。しげしげと観察されているような視線を感じたからだ。

人の寝顔を眺めるとはなんとも失礼だ。

だが、見るなと怒ることもできない。

そもそも意識すれば顔が赤くなりそうで、必死でアナルドを感じないように努めた。自分は貧血で気分が悪くて、死にそうだ。馬車は揺れて、目を閉じているのに視界が回っている気がする。

彼の鼓動も、自分の髪を撫でる優しい手つきも、腰をしっかりと抱えた力強い腕にも何もわからないふりをする。

そうでないと口元が勝手に緩んで、なんだかくすぐったい気持ちになる。

夫の無言の優しさだろうか。

寡黙な夫はありがたいが、行動を説明してほしい。どのような意図があって、こんなことをしているのか。

「無様だな……」

だが、ぽつりと落ちた言葉に、バイレッタの瞼（まぶた）がぴくりと動いた。

無様ってどういうこと。

まさか、無理やり視察についてきて貧血を起こし、帰りの馬車で倒れ込んでいる自分のことだろうか。それとも別の話？

アナルドは言葉が少ない。そもそも誰にも聞かせることがないのだから端的に言葉を吐いても問題はないのだが、バイレッタに向かって言われた言葉なのだとしたら気になる。非常に気になる。

負けず嫌いだからこそ、妙な敵愾心を夫に抱いてしまうのかもしれない。

よし、ならばその喧嘩を買ってみせよう。

元気になれば絶対に無様だなんて言わせない、と決意してバイレッタはひたすら身を硬くして目を閉じ続けるのだった。

「あらあ、ようやくお会いできて光栄ですわ、お義父様？　しばらく会わない間に随分とお顔の色がよろしくなられたようですわねぇ」

バイレッタは、人を働かせておいて悠々自適に快適な生活を送っている領主を開口一番言外に批難してみたが、もちろん鬱憤が晴れるわけもない。

順調に視察が済んで領地に着いた一週間後には今回のヤマ場である温泉場のある町

テランザムに到着した。馬車はスワンガン領地の迎賓館の前の広場に着けた。

出迎えてくれた町長と温泉組合の組合長から義父であるワイナルドの名前が出た時には、自分の表情は確実に固まった。なんとか低い声にならないように挨拶を交わすのが精一杯だ。

バイレッタの月のものは終わった。つまりそれだけ義父に会いに来るのに日数がかかったということだ。あちこちの水防工事を見て回った結果だというのに、領主が温泉場の迎賓館にやってきてずっと部屋に籠もっているとはどういうことだ。

挨拶もそこそこに、案内係を振り切って義父がいるという部屋に突撃すると、昼間からワイン片手にすっかり寛いでいたワイナルドの姿がある。

「それに今回の視察の最も大事な話し合いの場に早々に来ていただいているだなんて、領主様のやる気が感じられて感動いたしますわね！　できれば私たちばかりに視察させずに、ご一緒していただければさらによかったのですけれど」

「報告を聞くのが仕事だ。文句を言われる筋合いはないぞ」

「そうですか。では私は報告が終われば、すぐさま帝都に戻らせていただきますわね」

「ふん、そういつもいつも小娘の口車に乗ると思ったら大間違いだ。貴様こそ、滞在したいのだろう？　ここは儂の領地だ。大人しくしていれば、いろいろと便宜をはかってやるぞ」

どこぞの悪役のような台詞を吐きながら、不敵に笑う。様になっているが、別に自分は彼を倒したいわけでも敵対したいわけでもない。

ただ仕事をしてほしいだけだが、彼は何をそう自信満々に言うのか。

「あら、どういうことですか」

「ふふん、ここは代々皇帝の寵妃たちが切望した土地だ。いつまでも瑞々しく柔らかな極上の肌になるという美肌の湯だぞ。それを堪能せずに帰れるのか」

なるほど、女性にとっては懇願してでも入りたい湯というわけだ。

皇帝の寵愛を競うような女たちなら肌を磨くことには余念がなさそうではある。

「非常に残念ながら……お義父様、私にはそのような必要はありませんから」

バイレッタには競う相手も見せたい相手もいないので、肌の手入れなど必要最低限にしかやっていない。湯に浸かって肌を磨くという望みがないのだ。

「くっ……若さに胡座をかいているとそのうちきっと後悔するからな！」

なぜか義父は悔しそうに歯嚙みした。

彼の隣に立っていた従者がやれやれと肩を竦めている。

「旦那様。潔く負けを受け入れるほうが男らしいですよ」

「うるさい、一言が余計だ。お前も眺めていないで諫めろ、自分の嫁だろうが。本当にふてぶてしい小娘め！」

いつの間にかバイレッタの後ろに立っていたアナルドに義父が噛みついた。負け犬の遠吠えにしか思えなかったが夫はただ静かな瞳を向けるだけだ。

「妻の肌は本当に綺麗なので、当然必要はないでしょう？　極上の手触りですよ」

「は、あ？」

なんの話だろうか。というか夫は何を暴露し出したのだ？

肌と聞いて閨事を思い浮かべて瞬時に赤くなってしまった。

「まさか惚気ているのか？　そんなことを儂の部屋でするな。今すぐに出ていけ！」

しれっと答えたアナルドとともにバイレッタは部屋から追い出された。取り付く島もなかった。

真っ赤になったバイレッタは、横に立つ夫を睨み付ける。

「なぜあのようなことをお義父様に仰られたのです⁉」

「思っていたことをそのまま、言葉の通りに言っただけですが？　それより、せっかく来たのですから湯に入りましょう。馬車での移動ばかりで疲れた体を癒やせますよ」

アナルドは少しも悪びれた様子もなく、にこりと微笑んだ。

悪魔の笑みだと気がついた時には後の祭りだったが。

「え、なぜ貴方も脱がれるのですか」

領主専用の風呂へと案内するアナルドについていくと、館の裏手にある岩場に出た。上からお湯が絶え間なく落ちている。天然の岩風呂だ。湯が溜められた場所まではタイルが敷き詰めてある。上には建物から屋根が付き出しているが、空も見える。左右には木でできた囲いがあり、据え付けられた棚があった。

大人が十人ほどは余裕で入れる広さに、バイレッタが思わず感嘆の声を上げたのもつかの間、突然服を脱ぎ始めたアナルドに冷ややかな視線を向けてしまった。

鍛えられた体はしなやかで、傾いた陽光を受けてもますます輝いているように見える。内心で見惚れないようにと自分を叱り付けながら、引き締まった腹部に目を落とす。上半身は裸でズボンのベルトも緩めている彼は頓着せずに端に備え付けられた棚を示した。

「脱衣籠はそこにあるでしょう。すべて脱いだら湯をかけてあげますよ」

「なぜ、一緒に入るのですか」

こんなに素敵な風呂なら、余計な邪魔をされずに一人で入りたい。

しかも今は夕方だ。まだ太陽は高い位置にあり、すべてをさらけ出してしまう明るさだ。

「夫婦なのですから当然です。これも賭けの一環ですよ」

夫婦は一緒に風呂に入るのが当然だと？

バイレッタが茫然（ぼうぜん）としている間にもアナルドはバイレッタを抱きしめるように腕を回した。

彫像のように硬い胸が、目の前に来て思わず息を飲む。

「筋肉痛にもよく効くんですよ。馬車でずっと座っていると同じ姿勢ばかりで疲れるでしょうから」

言うなり、バイレッタの背中にあるドレスのリボンをしゅるりとほどいた。そのまま肩からドレスを落とされ下着だけになる。慌てて胸元を隠すと、アナルドは首を傾げた。

「随分と熱そうですね、真っ赤ですよ？」

「――っ、当たり前でっ……ひゃぁっ」

アナルドは首筋に舌を這わせると、舌先で優しく舐（な）め上げた。甘い刺激にバイレッタも思わず上ずった声を上げる。

「まだ湯に浸かってもいないのに、すっかり熱くなっていますね。期待していました？」

からかうように笑われると羞恥心が増して、思わずかっとなる。

体の反応はそうかもしれないが、決して欲しいわけではない。

「違いますっ」

「何度貴女を抱いたと思ってるんですか。妻自身よりも俺のほうが貴女の体には詳しいでしょう。欲しがって瞳はすっかり潤んでるんじゃないですか。ほら、ここが感じる場所だ、気持ちいいでしょう？」

得意げな声で耳元に囁かれる。だが狙いを定めた手が肌に触れると、反論が嬌声に変わる。

「じっくりされるのもお好みでしょうけど、激しくされるのも好きでしょう。今日はどちらがいいですか？」

◆　◆

　アナルドの腕の中にいるのは、バスローブを羽織った妻だ。

　蒸気した頬も、すこやかに眠りに落ちている長いまつげが落とす影も。

　バイレッタの重みを腕で、体でゆっくりと堪能しながら、意識を失ってしまった彼女を抱え、アナルドは満足した気分のまま迎賓館の廊下を進む。

　アナルドたちに割り当てられた部屋に向かって歩いていると、向かいからゲイルがやってきた。迎賓館の中でも領主用の私的な建物だ。使用人ならまだしも、一応は客となる彼とは本来ならばかち合わないはずだが。

「バイレッタ嬢？　どうかされたのか」

　訝しんでいると、ゲイルは腕の中の妻を見つけて、顔色を変えて問い詰めてくる。

　アナルドは自然とバイレッタの顔を隠すように、自身の胸に押し付けていた。

「単なる湯あたりですよ」

「そ、そうですか」

　湯の中で行為に没頭しすぎた自分が悪いのだが、それを赤裸々に語ることはない。

　そんなものは自分だけが知っていれば、いい。夫の特権だろう。

　先ほどまでの妖艶ともいえる妻の姿を思い出しながら、アナルドはゲイルを見つめる。

さすがは王族の血縁者だけあって整った顔をしている。精悍で男らしい。そんな容姿の男は彼女の周りにはたくさんいるが、妻が気を許している男は珍しいのでついついこういう顔が好みなのだろうかと眺めてしまった。

容姿だけでなく、剣の腕も立つ。現場の指揮もとれて、全体に目が行き届いている。配慮があり、部下に仕事を任せるのも上手い。理想の上司だとの評価をあちこちから聞いた。

隣国から離反しなければ、ずっと高い地位にいたに違いない。本人は隣国に戻る気はないようだが、彼の家も周囲もすぐに復権できるように画策しているとの報告を受けている。

そんな男が、妻に懸想している。間男にしてはなんとも強敵だ。

何よりバイレッタを大切にしている。その感情は崇拝に近いが、その分純粋だ。

自分よりもずっと、彼女に相応しいように思えた。

ゲイルを見習うべきなのではないだろうか。

参考にする相手を間違えたのでは、とアナルドはここに来てようやく計画の変更を考える。そもそも、賭けを申し出た時点で失敗していたような気もするが、何度思い返しても最善の案が思いつかず、妻に逃げられていたような予感がしたので、その件に関しては目を瞑っているのだが。

「貴殿は、その……もう少し彼女を大切にしたほうがいいのではないですか」

「大切にしていますが」

「だが、彼女は貴殿から逃げたがっている」

「妻から何を言われたのか知りませんが、俺は彼女を手放す気はありませんよ」

「逃げる、逃げないを決めるのはバイレッタ嬢でしょう。貴殿は逃げられないように、もっと大事にするべきではないでしょうか」

彼から助言めいた言葉が出て、アナルドは内心で目を瞠った。

彼はきっとお人好しと呼ばれるような人物なのだろう。普通は敵に塩を送るような真似はしないだろうから。

自分だったら誤情報でも流して幻滅させる。

そう思いながら、だがそんなことをしてもバイレッタは手に入らないのだろうな、と考える。相手の不利をどれだけあげつらっても、彼女は情報の一つとして認識するだけで、真実を探そうとする。もしくはもっと確かな情報を集めるだろう。

そして膨大な情報の中から、真実を見つけられる。

それがバイレッタだと知っているから。

なんとなく面白くない思いをしながら、アナルドはゲイルに問うてみる。

「俺の中では大事にしているつもりですが……たとえば、どこを改善すべきだと指摘されますか」

「え、は、どこ、ですか……そうですね、せめて彼女の顔色が悪い時には支えてあげるとか」

尋ねられるとは思わなかったのか、ゲイルも戸惑ったように答えた。そこを答えてしまうあたり、やはりお人好しだ。

「彼女は必要以上に構われることを嫌います。特に弱っている時には」

「ですから気づかないようにさりげなさを装えばよろしいのでは？」

「なるほど。ですが気づかれない行為に意味がありますか」

「彼女は賢いですから。いずれは気づいてくれますよ。むしろあからさまな押し付けの親切を嫌いますよね」

やはり彼を見習うべきだったかとアナルドは感心しながらも聞き入った。

いつかは気づいてもらえるように、さりげない親切を繰り返せばいいらしい。

だが、それはゲイル自身に当てはまる行動のようにも思えた。

それではきっと彼の立場までしかなれないのではないだろうか。

自分はきっと、もっと彼女の特別になりたい。それがどういうものなのかはよくわからないのだが。

考え込んでいるアナルドを見つめてゲイルはふと苦笑した。

「どうも貴殿は私が考えていた人物とは違うようだ。冷血な愛情の欠片もないような人物だと噂されていましたから……やはり噂は当てにはなりませんね」

褒められたのかは疑問だが、これには礼を告げるべきだろうか。

逡巡していると、バイレッタが小さなくしゃみをした。

「早く落ち着かせてあげてください」

「ええ……では失礼します」

アナルドは会釈して間男との邂逅を終えるのだった。

◆　◆

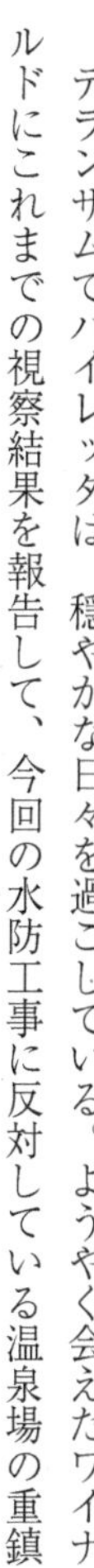

テランザムでバイレッタは、穏やかな日々を過ごしている。ようやく会えたワイナルドにこれまでの視察結果を報告して、今回の水防工事に反対している温泉場の重鎮たちを納得させるための資料作りを手伝う。とはいえ義父に説明した内容をバイレッ

タが再度会議用に書き上げているので一日を費やしてしまうが、移動がないので体は楽だ。

けれど、夫の態度だけはいただけない。

「この手はなんでしょうか」

口づけをしそうな距離にある彼の口を手で遮ると、不服そうなエメラルドグリーンの瞳が見える。彼の手はしっかりとバイレッタの寝着の胸元のリボンをほどいている最中だ。

寝台の傍に置いてあるサイドランプの灯(あか)りがゆらゆらと長い指を照らしていた。

「そろそろ賭けの一ヶ月が終わりますよね？」

アナルドに寝台に押し倒されながら、半身を起こしたバイレッタが尋ねれば、彼は不思議そうに瞬きした。

こちらに着いてから夜毎(よごと)抱かれている。バイレッタの望みであるかのように思われているようで心外だ。

一応、賭けの上での行いであって、積極的にこなしたいわけでもない。

だが当然のようにのしかかってくる男の態度からは、妻が嫌がっているとは少しも考えていないのだろうことが窺(うかが)えた。今も理解できないと言いたげに瞬きを繰り返しているのだから。

そして、今日ようやく拒否できる理由を見つけた。

「そうですね、初夜を迎えてからは今日でちょうど一ヶ月です」

「では、賭けは終わりということでよろしいですよね」

存外あっさりと認めた夫に拍子抜けしつつ、バイレッタはきっぱりと断言した。てっきり彼のことだから、まだ一ヶ月経っていないなどと言いくるめられるのかと覚悟していたが、日数を誤魔化すことはないようだ。バイレッタが月のものが来てできなかったこともきちんと賭けの期間としてカウントされているらしい。

それが安堵と同時に、少し物寂しく感じる自分が腹立たしい。引き止められているようでいて、実際には自分でなくてもよいと言われているようで。

そもそもアナルドはどういうつもりだろう。

愛妻家のような振る舞いをしてバイレッタの体を気遣い、ゲイルを牽制する。一方では無様だと馬鹿にして、賭けが終わったというのに動揺する素振りも見せない。

自分は彼に動揺してほしかったのか？

賭けが終わり、離婚を突き付けられた夫が少しでも狼狽えて縋りついてくれれば満足するのだろうか。

冷血狐にそんなものを求めているのか？

それはどうにも馬鹿馬鹿しい。

たぶん、何度も抱かれて情が湧いただけだ。バイレッタにとっては初めての相手で、これまで敬遠してきた恋情に絡む相手なのだから。

「明日は会議なんですよね？」

不意にアナルドが問うてきた。

ようやく明日主要メンバーが揃ってテランザムに到着する予定だ。治水工事に関わる者たちの日程を調整するのが難しく、意外に時間がかかってしまった。

だが、賭けの終わりと会議にいったいなんの関係があるというのか。

「そうですが、アナルド様に関係がありますか？」

まさか視察に同行したから、明日の会議に参加するつもりなのだろうか。ワイナルドは跡取りがやる気を出したことに喜ぶだろう。けれど、バイレッタがいなくなった後のために引き継ぎを考えているのかと思ったら不意に悲しくなった。

「……そろそろ潮時だな」

「え――んんっ」

ぽつりとアナルドがつぶやいて、そのままバイレッタに口づけてくる。

軽いリップ音とともに離れた唇は弧を描いていて、思わずかっとなった。

「な、なん……っ賭けは終わりでしょう？」

「初夜は深夜でしたから、深夜まではまだ時間がありますよね。それに、貴女が魅惑的な姿で誘惑してくるものですから」

「どこに誘惑する要素が……」

バイレッタの格好は薄いシルクの寝着で、体のラインに沿って曲線をくっきりと描くものだ。その上胸元のリボンははだけて、谷間をしっかり強調している。

「貴方が、ほどいたのでしょうっ」

思わず胸元を隠すように両手で押さえる。けれど胸が寄せられてさらにくっきりとした谷間を夫の眼下に晒していることは思わなかった。

「なんとも高度ですね。批難しつつさらに誘惑してくるとは……」

「あの仰っている意味がわかりませんが、そんなに見つめないでください」

アナルドの視線はじっくりとバイレッタの体の線を辿るように下から上へと移動している。それだけで、なぜか体が熱くなる気がした。何度も体を重ねているというのに、これればかりは慣れない。

「顔が赤いですね」

大きな手のひらが、存外優しくバイレッタの頬を撫でる。そのまま長い指が上唇をなぞって、くすぐったいようなじれったいような感覚に襲われた。もどかしさと恥ずかしさとそして感じる気持ちよさに、頭が混乱する。

そのまま吐息を絡めるように深く口づけされて、寝台へと倒された。

バイレッタは結局、反論も反抗も、すべて熱情に流されてしまったのだった。


テランザムに到着して三日後にようやく主要なメンバーが揃い、治水工事に関する会議が始まった。

「では、会議を始めさせていただきます」

テランザム町長の言葉に、一同を改めて見直せば、広い会議室が随分と狭く思えた。正面に領主である義父が座り、その左右を挟む形で対立している者たちが向かい合って長机についている。

義父の左手側の窓を背に座るのが、テランザムの町長をはじめ、温泉組合長、そして温泉で利益を得ている商人の代表者と宿屋関係の代表者だ。反対の入り口側には水防工事担当者であるバイレッタ、ゲイル、調査員である学者が並ぶ。

ちなみに父の横には従者が控えている。アナルドは会議前から姿が見えないので欠席だ。あの人は次期領主という自覚があるのだろうか、と余計な心配が起こる。

それぞれの挨拶が済み、さっそく本題に入った。

「では、訴状を読み上げさせていただきます」

テランザム町長は、水防工事の影響で湯量が減ったこと、そのため収益減になったことを挙げて、テランザムの町周囲の水防事業の中止と、湯量を元に戻すための措置を嘆願した。

「なるほど。湯量の減少は問題だが、お前たちも調べたんだろう？」

神妙な顔で頷いた義父が、そのまま視線をバイレッタに向ける。その視線を受けて隣に並ぶ面々を見やって、彼女は頷いた。

「博士、お願いいたします」

「はいはい。先日の調査結果ですが、メデナ川の支流に、確かに鉱泉、あーつまり、温泉ですな、それが混じっておりました。水質を調べたところから逆算するに、毎分三トンほどの湯量が流れ込んでいると思われます」

「三トンとは、今の湧出量の三割ほどに当たる量ですか⁉」

温泉組合長が信じられないというように叫んだ。

「だが、これは新たに湧いたのではないかと考えますな。そこで川に沿って調べたところ湧出地点がいくつか変わっておりまして。そのためこの地に流れ込む湯量が減少したと考えられます」

「では、水防工事は関係ない、と博士は考えておられるのですね」

「流れを変えたのではないのか。そもそもそれほどの莫大な事業費をかけて行う意味はあるのですか」

「その費用を温泉宿の修繕に充ててくれたほうがよほど利回りがよいのでは？」

途端に反対側の席から否定的な意見が噴出した。

よほど鬱憤が溜まっているようだ。

生活向上とひいては領民たちの命を守るための事業だが、損失の観点からいえば理解されないのかもしれない。

「ゲイル様、よろしいですか」

「はい。戦時中は橋の建設をよく頼まれていまして、隣国や帝都への街道の整備も重点的に行っておりました。ですが、水害で橋が流されることも多く、街道の補修も頻繁に行っておりました。こちらは戦争が始まってからの八年間の水害の状況と、修繕の記録になります。それによりますと年間で多い時には十三回の水害にあっております。被害状況は皆様もご存じでしょう。テランザムの町も被害にあっておりますから。通いの商人たちも荷とともに流されたと聞いておりますし。その際の被害総額もありますが、これは年間の水防工事費用の約五倍に当たります」

ゲイルは手元の資料を眺めながら、淀みなく説明していく。きちんと計算された証拠もあるので、相対する彼らは一様に口を噤んでしまった。

実際に被害にあったのだ。その時の記憶を思い出しているのかもしれない。

とにかくスワンガン領は水害が多いのだ。急斜面の山なので、長雨が続けば一気に川が溢れる。山の斜面を伝って勢いのある水が襲ってくるので、何もかもを流してしまう。

「今回の水防工事は始めたばかりなので確かなことは言えませんが、我々としては今年の水害は五回以下に抑えられると確信しています。これはまだ工事を終えていない地域での発生を予測したものであり、むしろ工事を推し進めるべき根拠になります」

「そ、そんな話が信じられるわけが……」

「なぜなら、スワンガン領地で以前の水防事業が行われた三代前と比べてみましたが、その頃の水害被害が八回程度だったのです。今回は三代前に行われたものよりも範囲を広げるつもりですので、より効果が実感できるでしょう」

「だが、湯量の減少はどう説明するのだ。これ以上減ってしまうことに繋がらないのか？」

温泉組合長が声を上げると、学者がすかさずフォローに入る。

「地質調査をしまして、新たな湧出地を確保しましたので、水防工事と並行して管を通せばいいのではないでしょうか」

彼らも湧出地については独自で調査をしているだろうが、学者の推察には敵わないようだ。そんな地があったのかと驚いた表情からも読み取れる。

調査員の学者は変わり者ではあるが頭脳は評価できる。

「工事関係者が、一部暴徒のようになっているという話はどうなっているのでしょう」

「そうだ、襲われた商人もいるとの話ですが」

商人代表からの言葉に、温泉組合長が大きく頷いた。

バイレッタはゲイルを見るが、彼も難しい顔をしている。

「具体的にはいつ頃、どこで、どのような状況になったのかお聞きしてもよろしいですか？」

「いや、噂を聞いただけで、詳細はよくわからないのですが。むしろ領主様方は何かお聞きになってはおられませんか」

「小さな諍いなどはありますが、大きな問題に発展したことまでは聞き及んでおりません。商人が襲われた、というのは？」

「それは帝都から来た商人たちが話していました。工事関係者たちに手持ちの商品を奪われたり、難癖をつけられたりしたようです」

新たな問題に、思わず唇を噛み締めてしまった。

「そもそも帝都で今、軍のクーデターが始まったようで元軍人には警戒しているのだと、彼らが話しておりました。そのため気を張っているところに今回の騒ぎです。しばらくは近寄らないようにするつもりだ、と。商品が来なければあらゆることが停滞します」

「軍のクーデターですか」

祝勝会に湧いていた帝都の様子からはかけ離れた単語だ。義父やゲイルは帝都の浮かれた様子がわからないだろうが、戦争に勝ったばかりの国の軍人たちからクーデターが起こるというのも違和感があるのだろう。思わずという感じでゲイルが、ぽつりとつぶやいた。義父を見やれば、やはり腑に落ちない顔をしている。そんな話はこれまで聞いたことがなかったらしい。

バイレッタも今一つ反応しきれなかった。だが確かに、昨晩、アナルドがそのようなことを口にしていたような気もする。うろ覚えなのは、抱かれている行為の真っ最中に告げられたからだ。羞恥と怒りのないまぜになった気持ちが、傍から見れば動揺したように見えたかもしれない。

「一旦こちらで調べる。時間も時間だ、一度休憩にしようか」

ワイナルドが厳しい表情を崩さずに、場を終了とさせる。結局、新たな問題は再度調査をして対策をたてることになり、会議は休憩を挟むことになった。昼食の時間でもあるので、食堂へと移動する。

先に義父に続いて町長や組合長、商人たちが出ていったので、バイレッタは盛大なため息をついた。

横にいたゲイルが窺うように視線を向けてくる。

「お疲れ様です、バイレッタ嬢」

「まさか工事関係者だけでなく商人とも揉め事を起こしていただなんて」

「私も現場の総監督として目が行き届かず、すみません」

「いえ、ゲイル様はよく見てくださっています。報告書も細かいですし、現場の進行状況がよくわかります。それに軍のクーデターが絡んでくるとなると単なる領地問題からは逸脱しますからね」

「戻ったらすぐに帰還兵たちに確認しましょう」

今すぐにでも戻りたそうなゲイルの様子に、思わずバイレッタは苦笑する。

「ひとまず部下の方に連絡を入れておいてください。後日聞き取り調査をします。まだ午後も続きますからゲイル様に抜けられると困りますわ」

「わかりました」

食堂に向かって歩いていこうとする博士にも声をかけた。

「博士もありがとうございました。午後からも引き続きよろしくお願いしますね」

「こういう席はなんとも肩が凝りますねぇ」

「ふふ、頑張っていただけて光栄です。食事は気楽にとっていただいて構いませんので。テーブルは義父たちとは別にしてありますから」

「それはありがたい！　さっそく腹が減りました」

「助手の方にもすでに声をかけてありますから、お二人でゆったりと食事なさってくださいね」

部屋から出ていく博士の背中に向かって声をかけたが、伝わっただろうか。

気づけば、部屋にはゲイルと二人で残されてしまった。

「私たちも行きましょう、ゲイル様もお腹すきましたよね」

「あの、バイレッタ嬢……体調は大丈夫でしたか？」

「はい？　体調、ですか」

ゲイルはひどく言いにくそうにしているが、心配そうな表情でバイレッタの様子を窺っている。テランザムに着いてからの三日間、ゲイルと顔を合わせたのは今日が初めてだ。なぜならバイレッタはほぼ迎賓館の領主に与えられた部屋にいたためである。会議のための資料を集めて、義父にあれこれと進言していたからだが、それを心配しているという感じでもない。

「何かありましたでしょうか」

「ええと、テランザムに着いてすぐに湯あたりして意識のない貴女を運んでいるアナルド様と出会いまして……」

瞬時にバイレッタは理解した。

理解した途端に、テランザムに着いた夕方の出来事が思い起こされた。

アナルドは長い間、妻の体を好き勝手に組み敷いた。それこそ湯に入る前から入っている間も、だ。その途中で意識を失ってしまった。

賭けにどうして回数を設けなかったのかと悔やまれるばかりだ。その上、夜もまた襲われた。

「お見苦しい姿をお見せしまして申し訳ありません。もう平気ですから、とにかくご飯にしましょう。午後のほうが体力を使いますからね」

　赤い顔をしたバイレッタの様子に気がついたゲイルは安堵したように微笑んで、話を合わせて頷いてくれた。バイレッタの体調は問題ないと理解してくれたのだろう。

「そうですね。今後の工事計画はさすがにすんなり受け入れてはもらえないでしょうから」

「ですので、秘策があります」

「ああ、視察の時に話されていたことですよね。上手くいくといいですね」

「どこまでできるかはわかりませんが、最善を尽くします」

　午後の会議が始まり工事計画の説明を進めていくと案の定、参加者の顔つきも次第に険しくなっていった。軍のクーデターの話の時もやや難航姿勢を見せていただけに、バイレッタはこっそりとため息をついて気を引き締めた。領内の地図を広げて、皆で工事箇所を確認する。

「今後の工事計画は以上になります」

「すでに工事が終わっているところも、また計画されているのはどういうことです？」

ゲイルの説明を聞き終えて、テランザム町長が疑問を述べる。

「それは補修が必要だからです」

「補修といっても一応はできているんですよね。修繕しなければならないほど脆いのですか」

「川の成分に高濃度の温泉が混じっていたため、堤のいくつかに亀裂が見つかったのです」

「なんだって？」

「膨大な費用をかけてもあまり保てないということかっ」

即座に温泉組合長から悲鳴じみた雄叫（おたけ）びが上がった。確かに予算を見れば批難したくなるのも頷ける。

「耐久年数は確か二十年だと最初に説明していませんでしたか。劣化するのはわかりますが、そんな頻度では工事がいつ終わるかわからないではないですか」

「それは鉱泉が大量に混じる前の話です。数年前に起こった地震で地殻が変動したため、湧出場所が動いたのです。午前にも説明しましたが、かなり下流まで高濃度の湯が流れていますね」

　博士の説明に三人が絶句する。

「そんな馬鹿げた事業がありますか、領主様は今一度計画の見直しが必要では？」

　商人が呆れたように義父を見やると、彼もむっつりとしている。

　数字を追うならば、別のところに視点を向けてほしい。そもそも人の命をなんだと思っているのか。利益を追求することと領民の命を守ることは別の話だ。確かに利益を出さなければ守れる命も守れなくなるが、利益を重視して命を危険に晒す行為はすべきではない。

　だが、彼らを納得させるためには利益を生み出さなければならない。損失を抑えているという数字はたいして重要ではないらしい。

　バイレッタもすでに経営者だ。会社を回すために利益の追求は当然だとわかっているが、働いている従業員も人間なのだ。効率よく働いてもらえるように配慮するだけで損失を減らし利益が向上することを知っている。

　手元の資料を掲げて、一息に説明する。

「ここまで拡げた事業を中断するほうが損失が大きくなります。こちらが、これから十年後までの工事費用の累計です。災害が起きた場合の損失額ですが、上段が事業を進めた結果で下段が事業を行わなかった結果を踏まえ算出しました。工事費用が微々たるものだとおわかりいただけます？」

「いや、災害を想定したといったって、こんな数が起こるとは限らないでしょう」

「もちろんですわ。ですから、例年の災害状況の平均を取らせていただきました。過去二十年間の領地内の水害の被害総額の平均を取って算出しております」

決して水増しした数字ではない。水害というのはそれだけ被害も出るし、損失額が莫大なのだ。

言葉を切って一同を見回す。

「また今回新たに湧出地となった場所を領民に開放いたします。こちらは安全に入れるための施設とそこへ至るまでの道を整備する予定ですから、入湯税も安く設定して集客率を上げます」

テランザムの町は貴族たちのための保養地になっている。何もかもが、貴族料金なのだ。そのため、一回単価は高額だが、回転が悪い。それはそれで運営してもらい、庶民が楽しんでいる温泉施設を別に造り上げる。一回単価は小額だが、集客次第では金塊に変わる。

「は？」

「それはつまり、ケニアンの町に温泉場ができるということですか」

「客層が全く異なりますから、こちらには影響はありません。ただ工事費用を少しでも抑えるための策の一つです」

「それはもちろん、私どもも噛ませていただけると考えてよろしいか」

さすがは商人の代表者だ。利益が見込めるといち早く察したに違いない。

不安げな顔をしているのは温泉組合長とテランザムの町長だろう。

客層が被らないと言っても、これまで唯一の温泉町を謳っていただけに唯一と言えなくなってしまうのだから。

「新たな温泉地を造るのは、さらに負担になるのでは？　工事費用が嵩むのもいかがなものか。造った途端に水質が問題で壊されては追いつかないでしょう。対策がありませんよね」

テランザム町長が、苦しげに言葉を吐く。

なるほど、責めるとしたらその点になるだろう。だが予想通りだ。

ここが正念場だ。バイレッタはにこやかに、自信たっぷりに微笑んだ。

「まず温泉場ですが、簡単な建物なので、それほどの費用はかかりません。試算額は次の頁に記載されている通りです。運営三年目ですべての資金が回収できる予定です。そこからは利益が十分に見込めます。そして水質の問題ですが、すでに手配済みです」

「水質ですよね」

「どうやって改善するつもりなのですか」

「デーファです」

「デーファだって？」

多孔質の石を皆、頭に思い浮かべているのだろう。昔の建築物なら多量に使われているので、帝都にある美術館や歌劇場、身近なところでいうと、この迎賓館も初期の部分はデーファを使用している。別館は造り替えられているので、違う建材になっているが。一見わからないが土台はデーファだった。

「あんなものをどうするのです」

「鉱泉はデーファを加えると真水になるのですよ。ですから、貯水池を設けてデーファの粉末を加えます。その後河川に戻してゆっくりと下流の貯水池に集め、水質を確認して再度川へと戻します」

博士が言った。

「なんだと？」

「そうすることで、下流域の生態系も戻りますので魚も戻ってきますよ。もちろん、堤防の摩耗も減らすことができます」

　博士の説明に、ぽかんと口を開いた男たちの顔が見ものだった。まるで魔法のようだと思ったのだろう。温泉水を流している河川は生態系に悪影響を与える。悪臭とは言わないが、温泉特有の匂いもきついため、周辺に人は住めない。だが、水質を改善すれば人の住める場所も広がるのだ。

　博士に以前渡していた水質を改善する魔法の粉がデーファだ。彼に試してもらってすでに効果ははっきりとわかっている。帝都にいる際に叔父にも買ってもらうように依頼してあり、十分の量が集まっていると報告を受けていた。

「これをテランザムの町にも実施したいと考えております」

「この町にもですか！」

　テランザム町長の顔が輝いた。その横で、しきりに商人の代表者が唸っている。

「ううむ、なるほど。南部のデーファをハイレイン商会が買い漁っていると聞きました。何か大規模な建築をするつもりかと思いましたが、大きさにはこだわらないとの指定があるそうで不思議に思っていたところです」

「あら、今からでも遅くはありませんわよ？　お値段次第ではこちらで買い取らせていただきますから」

「はあ、では検討させていただきますよ。いやはや、さすがはハイレイン商会の裏の会頭ですね」

「はい？」

なんとおっしゃいました？

ハイレイン商会の会頭は叔父であり、彼以外には有り得ないのだが。

おかしな名称が聞こえた。

「おや、ご存じありませんでしたか？　バイレッタ様は商人たちの間では大層有名で、裏の会頭と呼ばれているのですよ」

「お見事ですね」

バイレッタがバルコニーから夜空を見上げていると、いつの間にかゲイルが立っていた。

迎賓館での晩餐会が終わって、男性陣はゲームに興じている頃だ。だが、抜け出してきたのか、ゲイルが両手に掲げたグラスの片方を差し出してきた。

「すべてが貴女の手のひらの上だ」

「あら、嫌だ。まるで私が悪役になったかのようですわね」

ハイレイン商会の裏の会頭といい、まるですべてを操っている黒幕のようだ。

顔を顰めてみせると、ゲイルは面白そうに笑う。

「褒めているんです。むしろ敬服していますね。バイレッタ嬢の領民への慈悲の心に捧(ささ)げます」

バイレッタは差し出されたグラスを受け取って、お互いに目上に掲げる。

そして口をつけた。爽やかな柑橘類(かんきつるい)の香りが鼻腔(びこう)をくすぐる。味わっていると、ゲイルがからかうような口調になった。

「祝杯のお味はいかがですか」

「祝杯だなんて……まだまだ途中ですよ、目標は遠い上に時間がかかりますから」

「ふっ、さすがは貴女ですね。上ばかり見て終わりがない。若様と別れても領民たちを見守るおつもりですか」

「ゲイル様をはじめとした担当者が優秀ですので、私はいなくても全く問題ありませんわ」

「貴女がいなくなったら、私も逃亡するかもしれませんよ」

「それは大問題ですわね！」

「貴女が私の元に来ていただけるなら喜んで引き止められますが」

バイレッタはゲイルの男らしい顔つきを眺めて、ふっと微笑んだ。

「ゲイル様がここを去ると決めた時はお国のほうでどうしようもない事態が起きた時でしょうから、私ごときの頼みで引き止めることはできませんわ」

「私の生まれがばれていましたか」

「こう見えても、情報通ですのよ」

「それは初めてお会いした時からわかっていますが、貴女には情け容赦なく仕事を押し付けられたので知られていないのかと思っていました。部下たちは私の身分を知っているので、未だに遠慮があるほどです」

「まあ、ひどい。では今から敬いましょうか」

「もう少し仕事を減らしてくれるとありがたいですね」

口では懇願しているようだが、彼の瞳からはなんとも思っていないことが読み取れる。

適材適所――仕事ができると思える人に割り振っているだけなので、その分彼が有能だという証拠だ。

ゲイルはもともとナリス王国の現国王の実妹を母に持つ侯爵家の次男だ。王位継承権もあり、五番目だと聞いている。補給部隊の部隊長を任されていたのも血筋を考慮されてだろう。だが、剣の腕も確かで部下からも慕われている。統率力もある。

ナリス王国でタガリット病が流行らなければ、今も十分に高い地位についていただろう。本人はあの一件で王侯貴族に嫌気がさしたとガイハンダー帝国で水防事業を手伝ってくれているが、それでも国に何かあれば戻れるように準備していることも知っている。

そもそも出奔したのは本人の意志で、ナリス王国側としては王位継承権すらはく奪していないのだ。本音としては戻ってきてほしいと思っていることは明白だった。

病が流行した時に王家の対策が失敗し、陰から支えていたゲイルの行いが未だに民から感謝されているのだから、あちらの国としてもゲイルを追い出すことができないのだ。一部隊を引き連れて戦線を離脱したことは罰則の対象にはなるが、その後の功績でお釣りが来るというところだろう。

ちなみに穀物はゲイルが私財を投入して購入していたとの美談で落ち着いた。購入先はぼやかされているため、スワンガン領地から盗まれていたものだとは公にはなってはいない。

「仕事大好きなゲイル様は、減らしてもどこからかお仕事を見つけてきますわよ。ここ最近は貴方に休日らしい休日もないって部下の方がぼやいてましたから」

「それこそ買い被りですね。休める時に休む。そうでないと、騎士など務まりませんから」

「心は騎士ですね。貴族が嫌になったと話されていましたけれど、戻りたくなりませんか」

彼の本質は騎士なのだ。誰かを守って過ごすのがゲイルには似合っている。

「そうですね、騎士の性分はなかなか抜けません。今でも爵位などには興味はありませんが、王位継承権を発揮してきちんとした地位に就けば貴女が手に入るのかと思えば、頑張りたくはなります」

「動機がわりと不純ではありませんか」

「いいえ、これ以上ないくらいに純粋ですよ。ただ、貴女を愛しているのですから」

「ゲイル様……」

裏庭での告白は、彼の想いを知っただけだと、深く考えることをやめていた。

あの日から彼が恋の進展を望むような行動を仕掛けてくることもなく、いつもの穏やかな関係を保てていたからだ。けれど、ゲイルにとっては始まりだったのかもしれない。

ならば、彼には赤面してはいけない。動揺して声を上ずらせてもいけない。

悟られたら、きっと彼はどこまでも自分に付き従ってくれるから。どれほどの困難からもバイレッタを守ろうとしてくれるだろうから。

「ご夫君から逃げる際には、ぜひともお供をさせてください。騎士の本領を発揮させていただきますから」

「それはなんとも頼もしいですわね」

軽口を叩きながら、バイレッタはグラスに口をつけた。

だからこそ、彼に甘えてはいけないと強く誓いながら。

こくりと一口酒を含んで、そのまま飲み込む。

その様子を観察していたゲイルが、なんとも困ったような顔をしながら口を開いた。

「貴女はとても強い人だ。そして賢い。きっと頼ることを良しとはしないでしょう。けれど、縋られることも男にとっては喜びなんです」

「縋らない女は可愛くない、と仰られる？」

わざと挑発してみる。我ながら可愛くない台詞だが、ゲイルがそんな言葉で容易く怒る男でないのはわかっていた。

実際、彼は苦笑じみた笑みを浮かべただけだ。まるですべてわかっているとでも言いたげな表情に、内心でほぞを噛む。

自分の周りには頭のいい男が多すぎる。

叔父しかり、アナルドしかり。そして彼も。

「綺らない貴女は美しいですよ、見惚れるほどです。凛としていて横に並ぶだけで身が引き締まる。光栄というのはこういうことなのだと実感しました」

「あの……褒められ慣れていないので……もう許してください」

居たたまれなくて逃げ出したい。

異性に口説かれたことは初めてではないが、悪女だのと悪評ばかりが先行して、たいていは見下されることが多く張り合うようにやり返していた。バイレッタはもともとが負けず嫌いで跳ね返りだ。売られた喧嘩を買うのは当然だとも思っている。

だからこそ手放しの賞賛には弱い。

特にゲイルが本気で言っているとわかっているので。

彼の目はどこまでも優しく愛情に溢れている。打算も駆け引きもない純粋な好意を向けられるのは居心地が悪い。

自分はそんなに価値ある人物ではないと叫びたくなる。理想を見ているのでは、と否定したい。告げたところで、言い返されるのがオチだろうが。

「褒められるのが苦手なところは大層お可愛らしいと思いますよ」

「ゲイル様はイヤな方ですわ」

「おや、それは初めて言われました。貴女に善い人だと言われるよりはマシですが。取るに足りない存在だと言われている気分になる」

「……ううん、なら善い人だと言いたいですわね」

でも言えない。バイレッタが恥ずかしがって悶えている姿を楽しみつつ虐めてくるゲイルは心底、イヤな人だ。

「こう言うと貴女は怒るかもしれませんが……私は、そういう貴女の弱さも知っています。だからこそ縋ってほしいというお願いです」

バイレッタは息を吐いて、揺るぎのない騎士を見つめた。

これまで生きてきて、こんなに自分を甘やかしてくれた男がいただろうか。

要求され懸命に応えて生きてきた。

だからこそ、今の結果がある。成長させてくれる者、試練を与える者、見守ってくれる者、頼ってくれる者。自分の周りにいた男たちを思い浮かべてみた。

彼は甘やかしてくれる者なのだろう。

そして、昨晩の夫を思い出した。

無表情で自分勝手で意地悪で、何を考えているのかわからない男を。

妻を無料の娼婦のように扱い、好きな時に好きなだけ抱くくせに、時折優しさを見せたりする。周囲に見せつけるようなパフォーマンスかと思えば、誰も見ていないところでも演じているように振る舞う夫を。

『どうやら休暇は終わりのようです。しばらくは会えないでしょう。次に会うまで結果を楽しみにしていますよ。貴女に月の障りが来なければいいですね』

バイレッタの薄い腹の上に直接口づけながら、美貌の夫は蠱惑的に微笑んだ。

散々貪られた後、最後の最後で重要なことを口にする男を、意識が落ちる瞬間でなかったら殴りつけていただろう。それほどに腹が立った。

あの時生まれた熱はまだ腹の底に溜まって沸々としている。

翌朝、寝室の寝台の上に一人で目が覚めて、夢ではなかったことを確認して、バイレッタは決意したのだ。

あの男には負けたくないのだと。

一ヶ月の賭けは終わった。次の月の障りが来るまで結果はわからず、しばらくは夫婦のままということだろう。けれど、もう夫が自分の体を好き勝手にすることもない。

だからこそ、今度は引け目なく会うことができる。

バイレッタは無料の娼婦ではなく、馬鹿な賭けを申し出て貶めるような相手ではないのだと。侮るなと怒って、離縁状を叩き付けてやるのだ。

「ありがとうございます、ゲイル様。もしもの時はよろしくお願いいたしますわ」

賢い彼にはもちろん、社交辞令だと伝わっただろうけれど。

間章　クーデターの最高幹部

「危急の呼び出し状から、ようやく登場というわけ？」

　スワンガン領地から帝都へと戻ったその足ですぐにモヴリスに与えられた軍務部の部屋に顔を出すと、開口一番に盛大な嫌みをぶつけられた。この程度なら日常なので、アナルドは目を伏せるだけにとどめた。

「まあ、アチラの動向も見てほしいのは確かだけれど。戦況はあまり思わしくないとわかっているのに、随分と悠長なことだね。休暇は楽しめたかい？」

「今回の騒ぎで、休暇の後半はほとんど仕事でしたよ。スワンガン領地の視察を命じたのは閣下ですから、ご存じでしょう」

「いいじゃない、どうせ愛しい妻と楽しんできたことには変わりないんだろう。十分に休暇じゃないか」

　バイレッタと過ごした時間は一ヶ月。

　賭けの終了とともに帝都に戻ってきたとも言える。

　最後に彼女を抱いた夜を思い出して、アナルドは物憂げに視線を逸らした。

「そういえば、軍でクーデターが起きたようです」

「はぁあ、ん……っな、なんっ」

スワンガン領主館の夫婦に与えられた寝台の上で妻の声を聞きながら、腰を動かす。

彼女の中はいつも熱くて我を忘れてしまう。溺れるとはこういうことを言うのだろう。だから思わず先に体を繋げてしまったが、そういえば話があったことを思い出した。

待ちに待った連絡というものではないが、まあ妥当なところだなという時期に帝都にいるモヴリスから呼び出しの連絡が来たのが昼の話だ。手紙の内容を読んで、帝都の状況を察してすぐに動こうと思ったが、結局夜になってもアナルドはまだ領地にいた。欲を二、三度は吐き出さなければ考えもまとまらないのだから、なんとも妻の体というのは魔性だ。

「明日の朝には帝都に戻ります」

潮時だ。

明日といってももう日付は変わっているので、今日になるのか。しかも朝というより明け方か。彼女は目覚めていないかもしれない。

バイレッタは一日会議のはずだ。テランザムの町長をはじめ町の主要人物たちの訴状を聞いて対策を話し合う。これまでの視察の結果では十分に彼らを説得できると思われた。資料づくりのための綿密な下準備を間近で見ていたアナルドは感心するばかりだ。嫁にしておくには惜しい手腕である。

自分がいなくても彼女は困らないだろうが、突然夫が姿を消したら心配するかもしれない。もしかしたら何も思わないかもしれないが、数少ない友人が妻には出かける前に行き先を告げていくものだと話していた。自分は夫になったのだから、妻に伝えておくのは義務ということだろう。

「なっ、あぁ、んン、い、今……言うっ、のっ」

向かい合わせで体を重ねているのでバイレッタの表情はよく見える。快楽に落ちている彼女の顔は普段の取り澄ました顔とは別人だ。妖艶で美しく、可愛い。

だが、今はそこに怒りのような色も見えてアナルドは大きく腰を奥に押し付けた。

「あああ――っ」

「申し訳ありません、貴女をおろそかにしたつもりはないのですが……はっ、貴女はココが好きですね。とても気持ちがいいんでしょう？　何度でも期待に応えて差し上げますから」

甘やかな声を聞いているだけで、誘われているのだと勘違いしそうになる。欲してくれているのは間違いないだろうが。

「貴女に甘くねだられて俺の理性はすっかり壊れてしまいましたが、淫らな妻を満たすのも手がかかる」

「貴方が……変えたのっ……」

「頑固な妻が俺のせいで変わったというのなら、嬉しいですね。そのまま悦楽に溺れてください」

そう言いながら、大事なことを告げるのを忘れていたことを思い出した。

「どうやら休暇は終わりのようです。しばらくは会えないでしょう。次に会うまで結果を楽しみにしていますよ。貴女に月の障りが来なければいいですね」

バイレッタの薄い腹の上に直接口づけながら、きちんと妻に伝えられたことにアナルドは満足した。

「何を思い出してニヤニヤしているわけ？　あーやだやだ。これだから色惚(いろぼ)けした部下は嫌なんだ。まさか君がそんなふうになるだなんて想像もしなかったけれど」

「色惚けした覚えはありません。ただ妻が思ったよりも可愛かっただけですから。まあ休暇ですから楽しめましたよ、存分に。調査報告書は今、提出しますか？」

「やっぱり休暇を楽しんでいるじゃないか。まあ、いいさ。簡潔に説明してくれるかな」

「スワンガン領地内でも元軍人による暴動がいくつか起きていました。戦争に勝ったにもかかわらず報奨金などが支払われていないことがそもそもの発端のようでしたが、いくつか煽動(せんどう)している動きも見られました。商人や土地の者たちとも揉めていましたね」

「そうか。帝都内も同様だよ。あっちこっちの爆発騒ぎで、主要な橋も落ちたしね。全くもって困ったことだね。生活基盤である中心部に入るための重要な橋だよ。何を考えているんだか。君も帝都に戻ってくる時には迂回しただろう」

「これだけの力があると誇示するためのパフォーマンスでしょう。軍関係者だけで争っていても一般人には伝わりにくいですからね」

「本当に頭が痛いな。壊すのは一瞬でも、造るとなるとそれなりに時間がかかるんだよね、知ってると思うけど。それで、ギーレル議長の動向は把握している？」

「まだです」

帝国は基本的に政治を扱う行政府と司法を司(つかさど)る立法府があり、カリゼイン・ギーレルは立法府の議長だ。その上、侯爵位を持つ上級貴族だ。上級貴族だからこそ議長という地位につけるのかもしれないが。本来であるならば雲の上の存在である。

　軍の予算を決定するのは立法府なのだが直接軍人とは関わりがない。伯爵家嫡男とはいえ、一介の軍人たる自分とは関係ない相手である。

　だが今回のクーデターの仕掛け人だとモヴリスは睨んでおり、なぜかアナルドが標的になっているというので、議長の動向を確認するように指示を受けていた。

　彼の人柄は驚くほどに善良と言われている。つまり、喰えない男なのだ。そのため、アナルドとしてもあまり大っぴらに警戒できないでいた。

「敵を倒して戻ってきたと思えば、新たな敵がすぐに現れるとは、ね。神様も粋な計らいをしてくれる。そうは思わないか？」

「閣下が、神という言葉を発することに驚きましたが」

「君が不粋だってこと忘れていたよ。君の愛する奥さんなら鋭い返しをしてくれるんだけどな」

「妻には関わらないでください」

　モヴリスの話をバイレッタとしたことはないが、彼女が快く思っていないだろうことは簡単に想像ができた。からかう以前に上司は性悪だ。たちが悪いことくらいわかっているので、妻には近寄らせたくない。

モヴリスはアナルドの返答を聞くと目を瞠って噴き出した。

「熱烈だね。人形のような君はどこにいったのか疑いたくなるなぁ」

「そうですか」

「おや、自覚がないのかな。それとも知らないふりをしているのか。君の妻はあまり気が長いほうじゃないのにね」

バイレッタが短気なことは知っている。ただ、それを表に出さないだけだ。わりとすぐに手が出るとは思うが、たいていの怒りは、にこりと笑顔に変えている。笑いながら、静かに怒っている。

上司の言は、今の自分に必要なことのように感じられた。とても癪ではあるが、アナルドは逡巡した後、口を開いた。

「……どうすれば、いいでしょうか」

「ぶはっ、なになに、それを僕に聞くの？　なんとも面白いことになっているね。まさか君が、ねぇ。はあ、さすがはバイレッタというかなんというか……一つ、上司が気の利いた忠告をしてあげよう。自分の気持ちに鈍感になっていると大事な人を失くすよ。一度失くした人は取り返しのつかない関係になってから気がつくんだ。だから、君は素直に気持ちを言葉にするべきだね」

「それは、なんだか難しいように聞こえます」

「ふうん？　簡単にできる人はできるんだけどなあ」

「俺にとっては難易度が高い。どの言葉が妻を怒らせるのか、よくわからないのです」

口角を上げて微笑する上司はぞっとするほど悪魔のように美しかった。

「だからといって言葉を惜しんでいれば、きっと後悔するよ」

後悔くらいで済むのならば、安いものだとアナルドは思う。

自分はきっと彼女をずっと傷つけている。

月の障りで苦しむ彼女を馬車に乗せて領主館に連れ帰った時だって、結局は支えになることしかできなかった。苦しむ寝顔を見つめていて、ふと彼女が決して辛いとか痛いとか弱音を吐かないことに気がついた。思えば初夜の時も痛いとは言わなかったのだ。だからこそ、慣れているのかと勘違いしてしまったのだが。

いつも何かと闘うように、気を張っている。自分が傍にいれば、尚更に。

父は彼女を男嫌いだと称したが、ウィードは目に見えないものを重視すると言った。目に見えない気遣いや言葉とは何か考えてしまう自分と対照的に、それをさらりとやり遂げるゲイルはスマートだと思わず感心したほどだ。なるほど、弱音を吐かない彼女にはああいった気遣いが大事なのだと実感できた。

間男から学ぶことはたくさんありそうだ。

不快だが、ありがたくもある存在に不思議な心持ちになった。

だが何よりも優先すべきは妻の気持ちだ。

こうして積み重ねていけば、彼女は自分の元に残ってくれるのだろうか。

今のように力を抜いて寄り添ってくれるだろうか。

賭けが終了してしまって、彼女との繋がりは薄くなった。これまでの自分の行動を振り返れば、彼女が傍にいる未来は上手く想像ができなくて思わず苦笑した。

「無様だな……」

アナルドは同じ言葉を山から戻る馬車の中でもつぶやいた。ぽつりと落ちた言葉が、身に沁みた。

彼女の心は高潔で、どこまでも鮮やかだ。

それに比べて、彼女が欲しくて足掻いている自分の姿のなんと滑稽なことか。

バイレッタが知れば一瞬で幻滅されそうだと考えて、そもそも妻が自分に対して少しでも好意的な感情を向けているとは思えないことに気がついた。体は無理やり繋げたし、彼女の好みそうな話題もよくわからない。拒否はされないが、だからといって心から喜んでいるのかと問われれば首を傾げてしまう。そこまで自惚れるほど愚かではないつもりだ。

平素の物静かで落ち着いている凜とした姿と、閨での妖艶な姿しか知らない。これではいけないのではとは思うが、ではどうすればよいのかはわからない。

やはり自身が無様なことに変わりはなかった。

だからこそ、上司の言葉もどこか空虚に聞こえた。

後悔などという生易しいものでは済まされない。

「なんだか落ち込んでいるところにさらなる追い込みをかけそうだが、ヴァージア・グルズベル元大将閣下が誘拐されたよ」

ヴァージア・グルズベルは先の祝勝会で除隊した元大将であり、モヴリスの直属の上司だ。歴戦の英雄であり軍でもそれなりの地位を築いていたが、引退すると決めてからは軍から一切手を引いた。今ではただの一般人である。

昔、南部戦線とは違う戦争の一部隊を率いていた時に、部下に裏切り者がいた。敵国のスパイだった部下は、数々の情報を操作して帝国を不利に陥れた。結果的には彼を泳がせて勝利を手にしたが、その際に忠告してくれたのがヴァージアだ。それ以来、アナルドの中で彼は恩人になっている。

領地に届いた呼び出し状は視察の報告に戻れということと敵が動いたということだけだった。動いたというからには何かがあったのだろうとは予測がついたが、まさかの引退したかつての英雄の誘拐とは意外だ。アナルドにとっては恩人ではあり、モヴリスにとっても元直属の上司であるが、自分たちほどには軍部への影響力は少ない。

「彼を誘拐したとなると、これまでの動きに一貫性がありませんが」

立法府の狙いはとにかく軍人派の勢いを削ることだ。そのために内輪揉めを起こし、勢力を削ろうと考えた。まず報奨金が支払われず、帰還兵たちの不満が募り、上級将校と下級士官以下で対立する形となった。それが今回のクーデター騒ぎだ。

ヴァージアが攫(さら)われたところで、軍上層部が抵抗をやめるとも考えられない。もちろん要求を飲むわけもない。

「何言ってるの、君のせいだろう」

「どういうことです」

上司を見つめると、彼は今までの悪ふざけを引っ込めて底の知れない笑みを浮かべている。

「今回のクーデターの最高幹部は君だよ、アナルド・スワンガン中佐だ。帝都の主要な橋を落として、軍高官の屋敷を襲撃したんだろ。さて、次はどこを攻めるつもりだい？」

第五章　見えない夫の本心

アナルドが帝都に戻ってから半月ほど経って義父と一緒にスワンガン領地から帰ってくると、帝都の様子は様変わりしていた。

戦勝気分の浮かれた様子はすっかり鳴りを潜め、通りのいくつかの施設には崩れた痕跡が見受けられる。瓦礫(がれき)は通りの端に避けられているが、隠すことは難しい。商業地区はいつものように商売をしているけれど、人通りはまばらで警戒している様子が窺えた。

都を囲むように聳えるミッテルホルンの山々の間から流れ入る支流に架かる橋が落ちていることが何よりの証拠だ。橋は何本も架けられているので、帝都に入れないことはないが移動には迂回が必要になる。

夫が最後に残したクーデターという言葉が、バイレッタの頭の中をかすめた。

伯爵家に戻って家令のドノバンに帝都新聞を持ってくるように伝える。

居間のソファに座って待っていると、彼は数日分をまとめて用意してくれたのですぐに目を通した。義父もバイレッタの向かいで古い日付の順で新聞を読み進めた。

詳細は書かれていなかったが、どうやら軍のクーデターらしい。

下士官以下の兵士が上層部に抗議の意味を込めて攻撃を仕掛けていると書かれていた。記事によれば、戦争の報奨金の支払いで揉めているとのことだった。

「軍の高官の屋敷や、主要な施設が爆破されているそうです」

「領地でも軍でクーデターが起きたとは聞いていたが、まさかここまで帝都の中を暴れまわっているほどに大規模なものだとは……新聞に書かれている情報以外の話をあやつから聞いていないのか」

苦々しげな口調からは、単純に息子の身を案じているというわけではないようだ。さりとて、何を含んでいるのかは読めなかった。

「アナルド様はあまり仕事の話はされませんので……祝勝会で立法府の議長補佐官に報奨金の支払いが遅れていることを確認されたくらいでしたね」

「ふん、あやつめ」

「記事にはあまり書かれていないようですが、どう考えても貴族派の差し金ではありませんか」

「新聞にも当然情報統制がされているだろう。馬鹿正直に書くものか。帝国貴族派の横やりがあるなどと気づく者がどれほどいるのか疑わしいことだな」

ガイハンダー帝国は周辺国を統合して国としているが、帝国の母体となった貴族が集まる帝国貴族派と平民や周辺の属国の要人が集まる軍人派の二大派閥がある。帝国貴族は事務官が多く内政を仕切り行政府と立法府に多く在籍し、軍人派はその名の通り帝国軍に所属している軍人で占められているので外交を仕切ってきた。

だが戦争や内紛を治める軍の予算の決定権は立法府にあるため、帝国貴族派のほうが立場は上だ。ただし歴代の皇帝が戦好きのため軍人に融通が利くように采配しているという背景もあり皇帝の意見に左右される行政府も軍人派寄りのため、それなりの権力を有する。そのため両者は拮抗しているともいえる。そもそも軍のトップは皇帝だ。皇帝の考えに大っぴらに逆らえるはずもない。

帝国貴族派はそれが面白くない。内乱や紛争が起こればすぐに軍が動いて制圧するが、あまり予算を軍に割かないのはこれ以上力を与えたくないからだ。つまり軍人派が起こす内乱を恐れているともいえる。

そのため南部戦線も勝ったはいいが、力をつけさせたくない帝国貴族派の立法府の官僚たちは処理を誤った。下士官以下の兵士たちや退役軍人に報奨金が支払われなかったのだ。

それを立法府はのらりくらりと言い訳を並べ立てて拒否しているらしい。予算がないとか、相手国からの賠償金の支払いが遅れているなどだ。軍の上層部は支払いを要求し続けているが、梨の礫。

彼らが資金の支払いを渋るのはそもそも八年続いた戦争に軍人派があまり疲弊しなかったことが挙げられる。中心人物たちは戦争に勝利したにもかかわらず昇進しなかったのは、ポストに空きがないから。つまり、死んだりしなかったことを指す。弱った相手の足元を見ようと計画していた貴族派が、単純に支払うはずもない。

そうこうしている間に下士官以下の兵士たちや退役軍人たちの不満が溜まり、軍の上層部に牙を剝いた。最終的には立法府へと押しかけるだろうが、まずは自分たちを抑えつけている上層部に意見を通そうとした形だ。それが軍のクーデターに発展した。

矛先は軍幹部だ。貴族派の思惑をひしひしと感じる。軍人派の対立を煽って勢力を削りたいのだろう。上手く操られているのが現状だろうに、当の本人たちは操られている意識はないに違いない。巧妙なやり口だな、と呆れるほどではある。

糸を引くのは立法府の最高責任者たる議長のカリゼイン・ギーレル侯爵だ。もちろん旧帝国貴族派のトップでもある。

しかし新聞には一切、旧帝国貴族派の話は出てこない。単純に軍だけの話になっている。義父の言う通り、情報操作の可能性は大いにあるだろう。

　これは直接アナルドに事情を聞いたほうがよさそうだと判断し、部屋の入り口に控えたドノバンを見つめる。

「アナルド様は屋敷に戻ってきているかしら」

「若様はこちらには戻ってきておりません。旦那様方と領地にいるのかと認識しておりました」

「彼は半月くらい前には帝都に戻っているはずよ。領地には一週間ほどしか滞在されなかったの。それにクーデターが起きたのでこちらに戻ってくると話されていたから」

「左様でございますか」

「もともと家には寄りつかん。貴様がいないなら、当然だろう」

　アナルドが家にいたのは賭けをしていたからということもあるだろうが、休暇だったからだ。休暇が終わったのなら軍に戻るのは当然ではないのか。そこにバイレッタがいるかいないかは関係ないはずだ。

　だが反論は口にせずに、新聞を折りたたんだ。

「では、ここにいてもできることはありませんね。少し店に顔を出してきます」

「いらっしゃいませ……ああ、バイレッタ様」

バイレッタがオーナーである洋装店に顔を出すと、店長が安堵の表情を浮かべて出迎えてくれた。

「しばらく帝都を離れていたから、様子を見に来たわ。変わったことはないかしら」

「店自体は問題ありません。ただ会頭から貴女が店に来られたら足止めしてほしいとお願いされておりました。奥の部屋で待っていてもらってもよろしいですか」

「叔父様が？　何かしら、珍しいわね。わかったわ、部屋の奥で帳簿を見ているわね」

「どうぞ」

そのまま店の奥に行って書類や新規の入荷予定の商品を眺める。店の見回りの後に工場に顔を出そうと思ったが、今日は行けないようだ。

苦々しげな秘書の顔を思い浮かべて、はあっとため息をつく。

「随分と深刻そうだね」

いつの間にかやってきたサミュズが颯爽と部屋に入ってきた。いつもの仕立てのいいスーツ姿で、相変わらず隙がない。

「叔父様、お忙しいところわざわざお越しいただきありがとうございます」

「いいさ、可愛い姪に会えるのだから役得だろう。領地はどうだった？」

「なんとか落ち着いたようです。それより、ご用件は？」

「きっとその領地の話と無関係ではないのだろうね。バイレッタ、今軍でクーデターが起きていることは知っている？」

「ええ。新聞も読みましたし、さすがに都がこれほど凄惨なことになっているのですから知っています」

「では、そのクーデターがスワンガン伯爵家主体で行われているということも聞いているかな」

「なんですって？」

「そうか、やはり知らなかったか……いいかい、バイレッタ。今すぐ離縁して伯爵家を出ていきなさい。君の夫が今回のクーデターの最高幹部だと目されている」

「は、あの……アナルド様がですか？　いったいどういう経緯でそんな話になったのでしょう」

軍にも出入りしていて顔の広い叔父だ。正確な情報を仕入れているのだろうが、バイレッタとしては困惑を隠せない。確かにアナルドはクーデターが起きたからと言って領地を去ったが、帝都がこれほどの被害を受けているのをバイレッタが知ったのは今日だ。その首謀者がスワンガン伯爵家で、しかも指導者的立場の男が自分の夫であるとは夢にも思っていなかった。

「戦中もスワンガン領地は不作であっても収入は大きく崩れなかっただろう。収入源は主に温泉地で、湯治に訪れる者が減らなかったからだ。戦争で傷ついた兵士がこぞって療養していたからね。それで余裕があるところにさらに隣国のナリスから人を雇い入れているとか。それが隣国の力を借りてクーデターを成功させるためだと疑われているらしい。将官クラスの騎士を招き入れたとか言われていたが本当か？」

ゲイルのことだろう。

確かに動きだけ見れば怪しいことこの上ないかもしれないが、見当違いもいいところだ。

「そのような理由でスワンガン伯爵家が疑われているのですか」

「資金源は何かと確保しておきたいものだろう。そしてクーデターの下士官以下は大きな旗印のない有象無象の集まりだが、それが南部戦線でも有名になった『灰色狐』ならば成功間違いなしだと噂されている。彼は特に知略に優れているそうだから」

「帝国貴族派の陰謀ではないのですか。戦争の報奨金の未払い問題をクーデター騒ぎで誤魔化しているのでしょう?」

領地持ちのスワンガン伯爵家は旧帝国の貴族だ。そんな帝国貴族派が軍人をしているというのはとても珍しいことだが、普段からワイナルドやアナルドと接していて気がついたこともある。

ワイナルドも退役軍人であるので、家系がもともと好戦的なのかもしれないが、何より彼らは政治に興味がない。というより軍の空気が好きなのだろうとは思う。

嫁いですぐの頃はアナルドのことを軍の中に派遣された貴族派であることを疑ったが、実際に会ってみると違和感を覚えた。獅子身中の虫というには、あまりにアクが強い。

誰があの夫を思い通りに操作できるというのだろう。すぐに顔に出る直情型の義父も向いていない。帝国貴族派と対立するのは、爵位のある領地持ちがすべきではない。ワイナルドはわかっていて頓着しなさそうではあるが夫はどうだろうか。

アナルドなら何かしら理由があってクーデターの最高幹部をしているのかもしれないが、それならばバイレッタには関係ないので気にするだけ無駄だ。最高幹部として存分に働けばいいとは思う。

気に入らないのはスワンガン伯爵家だけが疑われていることである。

クーデターの背後にいるのは絶対に帝国貴族派だ。軍でこの時期にクーデターを起こしてもなんの利益にも繋がらないのだから。

「そんな顔をしているところを見ると、逃げるつもりはなさそうだね」

「婚家が謂れもなく疑われているんですよ。夫がクーデターの最高幹部と言われた程度で逃げ出すだなんて、女が廃りますわよ」

彼が今回のクーデターの首謀者であろうとなかろうと領地を巻き込み、スワンガン伯爵家を貶めたことは許せることではない。そもそも領地の経営にはバイレッタも一枚噛んでいる。ゲイルを引き入れたりしたのは自分でもある。そこだけは真っ白だと潔白を証明できるのに疑われるなど腹立たしい。尽力してくれた領地にいる人々に顔向けできない。

「そんなことじゃ女は廃らないよ、バイレッタ……夫が、クーデターの最高幹部だよ。むしろ淑女だったら卒倒してくれてもいいくらいだ」

「あら、こんな時だけ淑女扱いするだなんて、意地悪な叔父様ですこと」

「すぐに茶化すのはよくない。君が正義感に溢れているじゃじゃ馬であることは知っているが、こうして心配している私の気持ちもわかってくれ」

「はい、申し訳ありません。ですが、売られた喧嘩は買うのが商売人でしょう」

「別に君に喧嘩を吹っ掛けたわけではないと思うよ」

「今のところはスワンガン伯爵家の一員ですもの、領地経営にはいろいろと助言もしましたし、各方面に協力を求めたのも私です。その一連の動きが疑われたのならば、つまり私に喧嘩を売ったも同然ではないですか。当然、身に降りかかる火の粉は払うのが信条です」

「離縁したい妻の言葉じゃないね……ああ、もっと早くに離縁させておけばよかった」

「叔父様の気持ちはとても嬉しいですし、別に蔑ろにしているわけではありません」

「わかっているよ、私が君の叔父になって何年になると思っているんだ」

理解ある血縁者の言葉はなんとも心に刺さる。その分、自分の性分を見抜かれているのでバイレッタは不敵に微笑むだけだ。

「もちろん、叔父様はスワンガン伯爵家以外にも資金が潤沢にある家をご存じでいらっしゃいますよね」

「はいはい、そうくると思っていたよ。ライデウォール伯爵家だ」

ライデウォールというとカーラの家である。祝勝会ではアナルドのことで随分と牽制された。夫に執着を見せる女は数多いるようだが、彼女が一番強烈だ。

「あの家は武器などの兵器を売っているのですよね、南部戦線で儲けているのは当然ではありませんか」

ライデウォールの領地は山間部にあり、そこに兵器工場が建っている。近くで上質な鉄が採掘できるからだ。剣や銃だけでなく爆弾なども提供していると聞いた。

「そうだね、だからクーデターの候補として疑われないんだろう。今のところ目立って稼いでいたのはこの二家だけなんだよ」

次の日には、バイレッタは帝都にある自身の縫製工場の工場長室にいた。

朝から溜まっていた報告書の山を捌いていると、大きな布地の束を運んできた秘書がやってきた。長身の男はもともと叔父のもとで商売を勉強していた兄弟子のようなものだ。彼はいつしかバイレッタの秘書として働くようになったが、物静かで落ち着いた雰囲気に反して頑固で恐ろしい一面も持つ。その彼が無言で、台車に載せた布地の山を押している。

追加の仕事だ。わかっている。ここでは、自分でできる仕事は役職付きだろうが動くというのが鉄則だ。もちろん工場長たるバイレッタ自身も、だ。

「工場長、こちらの生地見本はどちらに運びましょうか」

「え、ああ。それはこっちの空いてるところに広げておいて」

「わかりました」

十人ほどが打ち合わせできる広い机にせっせと見本を並べている秘書にバイレッタは近づいた。

「こちらはミルグからの紹介ですよ。こっちの山はデタナートで、こちらはサイルスの布問屋からです。いずれも各仕入れ先の土地ならではの自慢の布地という触れ込みですね」

「次から次へと布を送り込んでくるわね」

「この前、軍に採用された外套の布が反響を呼んだんでしょうね。自分のところもぜひご贔屓にということでしょう。あれは本当にいいものを見つけましたから」

布の卸売りをしている大手の商人たちでは欲しい商品がなかったため、地方に目を向けた。その土地ならではの気候や特産品から作られる布を軍の外套用に仕立てたのだが、それが爆当たりしたのだ。

軍人たちは演習するし、国境を守るために各地に派遣される。もちろん、行軍もある。歩兵や工作員なら一日中重たい重火器を背負って走り回っている。南部は、まだ暖かいが帝都に戻ってくればそれなりの寒さになる。

また雨が降ると重さが増すため、水が染み込みにくい材質でそれなりに丈夫で暖かい外套が好まれたが、既存のものは水を吸って重くなり、含んだ水のせいで寒くなる。

その要望に完璧に答えたのが、北方のヤハウェルバ皇国で使われていた布だった。

なんと、生き物の皮をなめしたものだった。生き物によっては水を防ぐ性質があり、その革を使って外套を作った。難しい縫製は特殊な針を使って糸も厳選した。もちろん縫い手も工場随一の針子たちに頼んだ。

力があって腕のある彼女たちがほぼ不眠不休で仕立ててくれた。今となってはいい思い出だ。

おかげで評判を聞き付けた帝都の布問屋たちが、新しい布を見つけると見本を送ってくるようになった。

バイレッタが工場を帝都の中で造るといった時には見向きもしなかった連中だ。服は手作りの一点ものがありがたがられる。既製品を大量に量産して売れるものかと馬鹿にされた。それが簡単に手のひらを返された形だ。売れるならなんでもいいのだろうが、なんとも節操のないことだと苦笑を禁じるのは難しい。

「依頼は次から次へとあるのだから、頑張りましょうね」

「ほぼ一ヶ月以上も帝都からいなくなっていたのは工場長ですが」

アナルドが戦地から戻ってきてすぐにスワンガン領地に穀物の横領犯を捕まえに向かった。一時戻ったが、祝勝会が終わってまた領地に治水工事の中止を求められてトンボ返りしたので確かにゆっくり工場に来たのは一ヶ月ぶりだ。

「だから、それは謝罪したしこうして働いているじゃない。それにスワンガン領地から何通も手紙を出したわよ」

「それはわかっていますが、やはり実際に見てもらうほうが話は早いですよ」

「はい、反省しております。だから、仕事をしましょう」

「全く……ですが、仕事が立て込んでいるのは本当ですし、今日は勘弁してあげます」

「そのまま永遠に仕事が忙しいことを祈るわ」

バイレッタがやれやれと肩を竦めれば、秘書は忍び笑いを漏らした。帝都での日常がようやく戻ってきたように思えて、つられて微笑んでしまう。

だがバイレッタはすぐに笑顔を引っ込めた。

「軍でクーデターが起きたけれど、こちらに影響はないのかしら」

「直接はありません。ただ軍の士官用のシャツを卸しに行った際には、しばらくは連絡が途切れがちになる、と言われました。クーデターを起こしたのは南部戦線に従軍した退役軍人たちの中でも下士官以下の一般兵たちのようです。報奨金の未払いを訴えて帝都のあちこちで暴動を起こしているとか……それに、スワンガン伯爵家が関わっているとも聞いております」

「そう、もう耳に入っているのね。私は昨日叔父様に教えられたわ」

秘書は対外的な所用をまとめてくれている。そのため、発注元にもよく顔を出してはいろいろと注文を取ってくる。秘書兼敏腕な営業担当でもある。

そんな彼が淡々と説明する内容に、バイレッタはあっと重い息を吐いた。

「帝都ではあちこちで爆発騒ぎも起きていますから、正直身内では動きづらいのではありませんか」

「今のところ、私に何かしてくることはないわ。夫がどうしているのかは全くわからないけれど」

家にはほとんど帰ってこない。軍のほうで何かをしているのだろうが、とにかく話をする機会はないので仕入れた情報から分析するしかない。今のところ訃報は聞かないので、生きているとは思われる。賭けがなくとも夫が亡くなれば離婚せずに自由を謳歌(おうか)できるとも思えるが、もやっとした気持ちにもなった。

やはり、彼が生きていて正式に賭けに勝って、正々堂々離婚するのが素敵だ。

「少し前には仲がいいって噂を聞きましたけど。途端に物騒な話になりましたね。さすがは工場長です」

「どういう意味かしら」

「この前の祝勝会で随分とお可愛らしい様子だったとか。カーデンヘーゲの毒花が、冷徹狐を虜(とりこ)にしたとか、氷の中佐が行方不明とか、なんだか随分と面白い話を聞きましたよ。軍に納品に行った際にも言われましたね。主に工場長を紹介してほしいという頼み事ばかりでしたが。あの中佐殿と普段はどんな夫婦の会話をしているんだ、とかいろいろと聞かれて大変でした」

カーデンヘーゲは毒を持つ紫色のとげとげしい花だ。バイレッタのアメジスト色の瞳にかけた冗談にしては随分とエッジが効いている。そんなあだ名があったとは知らなかったが、できれば永遠に知らないままがよかった。

「スワンガン中佐殿は柔らかい表情もできるんだと婦女子の間で人気も爆上がりしているそうで、結婚相手がいても構わないとご婦人方がこぞって騒いでいるとか。ここへきて軍のクーデター騒ぎで落ち着いてはいますが。単純に恋愛話でなく武力が絡んでくる血なまぐさい話にしてしまうあたり工場長はさすがです」

「それって私、なんの関係もなくない？」

夫が社交界でご婦人方の人気をかっさらうことも、クーデターを起こして騒ぎを鎮静化させることも、バイレッタが何かを意図して行動したわけではない。

「しかしこれほどの騒ぎになっていて行方知れずですか。ところでライデウォール女伯爵様とのことは聞いておられないのですか」

突然、秘書がカーラの名前を出したので、バイレッタは首を傾げた。

「夫と何か繋がりがあるの？」

「中佐殿が密会しておられたと噂になっているようですよ。浮気だと軍部では相当な騒ぎのようで。一応、夫君の部下の方たちには貴女がとても心配していたとお伝えしておきますが」

「言わなくて結構よ。もし浮気中ならば、返品不可で送り届けてちょうだいな。むしろ持参金もつけて差し上げたいほどだわ」

願ったり叶ったりだ。こちらは離婚したいのだから、別れられるなら文句はない。相手がカーラであってもなんら問題はない。もちろん、怒ったりもしない。なぜか不快な気がしないでもないが、気にしない。

しれっと答えれば、秘書は目を瞠って意地悪く口角を上げた。

「つまり、それだけ愛されている自信がある、と。工場長の悋気を初めて聞きました」

「どこが悋気なの。貴方が勝手に解釈しただけでしょうに」

「いやいや、今のは悋気ですよ。領地になんて向かわない放蕩息子が、嫁が来た途端にべったりくっついて行ったと、そりゃあ帝国貴族派の方々も大騒ぎでしたから。スワンガン領地で夫婦の絆を深めてきたんですね」

領地では水防工事の視察をして、温泉に入って、納得のいかない老害どもと舌戦を繰り広げただけだが。

領地の仕事をしていた自分とは対照的にアナルドはいったい何をしに領地へ向かったのかはわからない。彼も一応は視察にはついてきたが、姿を消していることも多かった。

むしろ退役軍人の様子を見るために視察に同行したがったような気さえする。

「彼も仕事だったのよ。きっとクーデターの情報を掴んでいて地方の様子を見に行ったんでしょうね。もしくは自分が指揮官だからどれほどの騒ぎに発展したのか確認したかったのかもしれないけれど。結局一週間ほど滞在してすぐに帝都に戻られたのだから、いつもべったりというわけでもなかったの」

一ヶ月は休暇だと話していたが、だからといって全く仕事をしないわけではないだろうと考えていた。そのわりには四六時中バイレッタにつきまとっているからどういうことかと訝しんでいたのだ。戦争帰りの休暇にしても、さすがに長すぎやしないかとか、残務処理はこちらに戻ってきてもあるはずだとかいろいろと思うことはあった。

仕事だと思えば納得する。

そして怒りが増した。

仕事の片手間に好き勝手に抱かれたと思うと、本当に腹立たしい。

しかも賭けで。その上、散々いやらしい体だとか、妻が誘ってくるとか、我儘な妻を喜ばすのが大変だとか、さもバイレッタが悪いかのような言葉ばかり投げつけてくる。

いつ、どこで、誰が、そういうことをしたというのか！

「バイレッタ様が素直に怒っているのは珍しいですね。愛しの旦那様の仕事に嫉妬ですか。ずっと領地でいちゃいちゃしていたくせに、淋しくなられたとかですか」

「なんでそんな見てきたかのように話すのか不思議でならないけれど。馬鹿なこと言ってないで、時間がきたのではないの？」

ちらりと柱時計を見つめれば、十時十分前を指している。

秘書がやれやれとため息をついた。

「ああ、仕事がほとんど進んでませんね……」

「話題を引き延ばしたのは貴方よ。これればかりは仕方ないわね、午後からきっちりやるわよ。それより、お客様を丁重にもてなさなければね。何しに来るのか知らないけれど、わざわざ足を運んでくださるのですから」

「迎撃用意はお任せください」

不敵に笑う秘書にしっかりと頷き返し、そのまま応接室へと足を向けた。

縫製工場は働いている女性たちを集めた作業場と、打ち合わせのできる会議室や来客用の応接室を設けた建物とに分かれている。ちなみにバイレッタの工場長室も後者にある。

そのまま応接室のソファで待っていると、ほどなくして秘書に案内されて一人の男が入ってきた。

「先日の祝勝会以来ですわね、グラアッチェ様。本日はどのようなお話でいらっしゃいました？」

「ふん、挨拶もそこそこに用件を尋ねるとは不躾な……」

やってくるなり応接室のソファに偉そうにふんぞり返って長い脚を組んでいるのは

エミリオ・グラアッチェだ。

挨拶するために礼儀上立っていたバイレッタに向かって顎をしゃくった。座れということらしい。ここはバイレッタの手掛ける工場ではあるのだが、彼は自分の家のように傲慢に振る舞っている。

白に近い白金の長髪を後ろで一つに束ねているため彼の動きに合わせてさらりと揺れる。それを眺めつつ、バイレッタも向かいに腰を下ろす。

秘書は叔父との付き合いが長くバイレッタのことも昔から知っている。学院時代のエミリオとの因縁も知っているので、背後に静かに控えてくれている。学院の頃は教師すら味方ではなかった。その頃と違って、味方がいるのはなんと心強いことか。

本日も帝都のテーラーで仕立てた上品な上下のスーツを着込んだ男は、どこまでも尊大だ。鋭いアイスブルーの瞳は人を小馬鹿にした光を宿している。

工場で量産されるような既製品などに目を向ける輩(やから)ではない。事実、彼は仕事でこの場にいる。そうでなければ、ここに足を向けることもないだろう。

旧帝国貴族派のグラアッチェ侯爵家の嫡男であるこの男は、自身の出自を何よりも誇りに思っているのだから。

「そうは仰いますが、立法府議会議長補佐官殿はお忙しいでしょう」

「わかっているじゃないか。今日は学院の同級生のよしみでこうして忠告に来てやったのだ。感謝しろ」

「はあ……？」

確かにエミリオとはスタシア高等学院の同級生ではあるが、だからといって仲が良かったとはとてもいえない。そもそもバイレッタが悪女だ淫売だと噂を流したのは彼だ。学院時代にバイレッタが男子学生に暴行されそうになり撃退した刃傷沙汰を起こした時の首謀者も彼である。つまり因縁の相手であって、関わりたいと思うことは決してない。

それが今更なんの用があるというのだ。前回会った祝勝会の夜だって、嫌みを言って彼はさっさと帰ってしまったくせに。

あの時、彼が余計なことを言わなければアナルドに対して複雑な感情を抱かなくても済んだのに、とバイレッタは八つ当たり気味に相手を睨み付けた。

「帝都での爆発騒ぎには気がついているだろうが。夫の領地へ逃げ出したと聞いたが、そのわりにはあっさりと戻ってきたな。手懐けた夫に逃げられたか、嫌がられたのか」

「戻ってきたばかりだとご存じでいらっしゃるのに、面会を取り付けて早々に今朝やってくる貴方も大概だと思われますが」

「ふん、知っているとは思うが、俺は忙しい。こんな些末事にいつまでも時間をかけているほど無能ではない。だがまあ同級生が殺されるとわかっていて無視するほど非情でもないつもりだ」

「殺されるとは穏やかではないですね」

「さすがの毒婦も狐の扱いには手を焼いているらしいな。お前、命を狙われているぞ」

「どういうことです？」

「戦地から夫が戻ってきても相変わらず可愛げがないから愛想をつかされたのではないか。今回のクーデターの最高幹部がお前の夫だとは聞いているんだろう。そのクーデターに乗じて妻を殺すつもりだという話を聞いた。少しは泣きついてみろ。そうすれば助けてやるぞ」

「ご冗談を」

たとえ命が危ないとしても泣いて懇願することなど断じてない。権威を笠に着て、バイレッタを屈服させたいのはわかりきっている。

「夫に命を狙われているからといってすぐに逃げ出すのは性に合いませんの」

そもそも殺されるまでもなくスワンガン伯爵家を出ていく身だ。夫とは離婚したいと散々言っているというのに、なぜわざわざ殺されなければならないのか。意味不明すぎる。出ていってほしいのなら出ていく。余計な手間をかける必要はない。

エミリオがそんな話を用意してきたこと自体、おかしな話だ。同級生のよしみなどという言葉で惑わされたりしない。

迎撃用意ですね、と秘書は言った。まさか夫に殺されるという忠告だとは思いもよらなかったが、彼の手を取ることは絶対にない。

バイレッタはにこりと笑顔をエミリオに向けた。

「立法府議会議長補佐官殿のお手を煩わせる必要など何もありませんでしたのに。夫とは上手くやっておりますから」

離婚を条件に賭けをして、今は次の月の障りが来るのを待っているところだ。穏便に話はついている、と思いたい。

「お客様のお帰りです、お見送りして差し上げて」

「かしこまりました」

「本当に可愛げがない！　後で泣きついてきても知らないからなっ」

足音荒く出ていくエミリオを見送って、深々とため息をつく。

やはり立法府というか貴族派が仕掛けていることに巻き込まれている気がした。あまりあっさりと返り打ちにするのもよくない。つまりバイレッタを困らせて、頼らせて手中に収めたかったということか。エミリオが選ばれた時点で自分にとって頼る可能性はゼロになったが、計画を立てた者は学院の同級生という繋がりに目をつけたのかもしれない。

何を企んでいるのかは知らないが、自分とは関係ないところでやってほしいと切に願うのだった。

その日の夜、バイレッタはスワンガン伯爵家の義妹の部屋で、叱られていた。アナルドの腹違いの義妹のミレイナは艶やかな金色の長い髪を揺らして、水色の目を吊り上げて怒っている。

「どうしてレタお義姉様ばかりになんでもお仕事を押し付けるのかしら。そしてなんでもすぐに引き受けるお義姉様もお義姉様よ」

十四歳の多感な少女が頬を膨らませてぷりぷりと怒る可愛らしい様子に思わず笑いが溢れる。アナルドと半分でも血が繋がっていることが信じられないほどに感情豊かだ。ここまで彼がわかりやすければ扱いももっと楽だったに違いない。

「もう片付いたわ。後はお義父様の頑張り次第といったところね。でも貴女に怒られるのは嬉しいものだわ。心配してくれてありがとう」

賭けの期間は終了した。子を孕んだ予兆はないので、賭けはバイレッタの勝ちだろう。つまり、離婚が成立する。もうスワンガン伯爵家に縛られない。

「もう、お義姉様はそうやってすぐにからかうのだから！」

「本心よ。では埋め合わせに今度二人で遊びに行きましょうか」

「本当？　しばらく領地に行っていたから帝都でのお仕事が溜まってお忙しいかと思っていたの。お義姉様と出かけられるのは嬉しいわ」

「可愛い義妹（いもうと）のおねだりならなんでも大歓迎よ。何か欲しいものがあるの？」

「もう、お義姉様と出かけるのが純粋に嬉しいだけです。意地悪だわ」

「はいはい、ありがとう。では都合のいい日を教えてちょうだい」

「お義姉様は信じてらっしゃらないでしょう？」

「ふふっ、ごめんなさい、冗談よ。私も嬉しいわ。どこに行きましょうか。最近は帝国歌劇団も演出に凝っていて観客は皆びっくりするそうよ」

「シャーザの絵画展も開かれてるってお母様が話していらしたわ。それにディッテルの表通りに新しいレストランができたのですって！」

「あら、体がいくつあっても足りないわね」

純粋というのは彼女のようなことを言うのだ。素直に喜ぶミレイナの含みのない笑顔にどれほど心を癒やされるか。

バイレッタはしみじみとささやかな幸福を噛み締めた。

「若奥様、よろしいですか」

ノックの音がして、家令のドノバンが顔を出した。

「お話し中、失礼いたします。工場のほうから至急で若奥様にお会いしたいと使いが来られて、玄関で待っていただいているのですが」

「あら、何かしら。ごめんなさい、ミレイナ。少し外すわね。いくつか日取りを決めておいてもらえるかしら」

「わかりました、後でまた相談させてください」

「ええ、では後でね」

ミレイナが部屋の外まで見送ってくれた。その柔らかな笑顔を振り切ってバイレッタは足早に廊下を進む。

至福の時間を邪魔した至急の用件をあれこれと考えながら。

玄関ホールへと行くと、簡素な外套をまとった男が佇んでいた。

工場の用件を伝えに来たにしては、見覚えがない。

工場で働いている女たちの夫かと疑ったが、思い詰めたような表情が気にかかる。思い詰めるというか、ひどく陰鬱な顔だ。

しかも立ち姿が、どこか軍人を思わせた。だが現在も軍人かと思えば、そんな様子はない。

アナルドほど怜悧ではないが、軍人ならば独特の空気をまとっている。いつでもぴんと張った糸の上にいるような緊張感を孕んだ空気だ。父も軍人だったのでバイレッタはそういうものを感じ取るのに慣れていた。

——元、軍人だろう。

瞬時に思い当たり、彼の現在の状況を分析する。

クーデターがあちこちで起きている。加担しているのか、金の無心か。アナルドとの関係はあるのだろうか。

そして、そんな彼が用事を偽ってまで屋敷にやってきた理由はなんだ。

なぜ自分に会いたいなどというのか。

「工場からの至急の用件と伺いましたが？」

次々と湧き上がる思考をまとめつつ、ドノバンを制して、やや離れた場所から声をかける。

男は顔を上げてニタリと笑った。

「あんたが、バイレッタ・スワンガン？」

自分が働いている工場長を呼び捨てにするはずがない。ドノバンが横で顔色を変えたのがわかった。相手が嘘をついていたと悟ったのだろう。

だがバイレッタの頭は冷静だった。

近々離婚予定ですけれど、と内心で付け加えながら、男に向かって小さく頷いた。

「はは、ならば死ね。ヤー・ゲイバッセ！」

敬礼とともに、男の規律のとれた声が玄関ホールに響く。意味は忠誠をとか栄光をとかそんな掛け声だ。軍人たちが戦争に行く前や上官に返事をする時の挨拶になっているので、あまり深い意味は知らない。

今朝のエミリオの言葉を思い出した。クーデターの騒ぎに乗じてバイレッタを殺害する計画があると言われた一件だ。つまりアナルドであろうとなかろうと、誰が企んだにせよ、計画は実際に存在したということだろう。

男が叫んで懐から何かを取り出すように動く。途端に薬品の臭いが鼻をついた。

バイレッタはすかさずドノバンに飛び付いて後方へと駆けた。

「わ、若奥様⁉」

後にドノバンはアナルドに泣きながら土下座して謝罪したと聞いた。何時間も。わりと高齢で優秀な家令に何をさせているのか。いやもう本当、不可抗力だから。押し倒したわけでも襲ったわけでもありませんから。緊急事態だったから。人命救助だから！

ベッドで休んでいる自分に怒りの圧力を与えてくる夫にバイレッタも何度も弁明した。それが明日の話になるとは、今の自分は知る由もない。

ドーンっと鼓膜を破るほどの音とともに出現した強烈な爆風と熱に吹き飛ばされながら、ドノバンを抱えた腕に力を入れる。

男の断末魔の笑い声のような幻聴を聞きながら意識を失ったのだった。

「これで報告は以上かな」

モヴリスが周囲を見回して、軽く頷く。

口調は優しげだが、それが表面上であることはその場の全員が察しているだろう。モヴリスの言葉を固唾を飲んで待つ面々を、アナルドはモヴリスの後ろから立位のまま静かに睥睨した。

クーデター対策本部会議は、三十人ほどが座れる広大なテーブルを並べて開かれている。

コの字に並ぶテーブルの、両左右にそれぞれ編成された大隊の主要人物が並ぶ。挟まれる形でモヴリスが席についているのだが、一瞥できる場所はなかなか壮観だ。赤い絨毯が敷き詰められた会議室に、黒檀のテーブルが映えるが、そんな光景に心を慰められる者は誰一人としていないだろう。

真ん中のテーブルには帝都の地図が広げられている。小さな紙が置いてあり、クーデターの情報が書き込まれている。何日の何時に爆発騒ぎや襲撃が起きて何人が襲撃犯として目撃されているのか。爆発の規模と死傷者の数が事細かに記されている。そこからクーデターの規模を把握し、主な拠点を割り出すためだ。

置かれた駒は情報統括本部、佐官以上の上官向け宿舎、練兵場、数人の大将や中将の屋敷など軍関係施設と上官の屋敷だ。主に戦勝会で地位が上がった者たちが襲われている。もちろん、モヴリスもその中の一人だ。彼は馬車に乗り込んだところを襲われた。

「クーデターってのは奇襲が基本だよね。戦略的には可及的速やかに少数部隊での鎮圧が重要だと考えるけれど、その点では僕たちは後手後手だね」

鎮圧の編成は技能だけでなく信頼関係が大事だろうとモヴリスはアナルドに漏らしていた。つまり大会議に意味がない。誰が味方で誰が敵かわからないからだ。

クーデターを煽動しているのが立法府の議長であることは揺るぎないが、実際に軍のクーデターの指揮をとっている最高幹部が誰かは不明とされている。推測では立法府から派遣された裏切り者が軍にいて、それなりの地位についているのだと考えられているが尻尾を出す気配はない。

唯一まことしやかに囁かれているのがアナルドである。

「か、閣下……お言葉ですが、やつらもなかなかに素早く、手掛かりも乏しいとあっては現状の情報が限界です。そもそも首謀者は狐ではとの噂もあります、その件に関してはなんの説明もいただけないのですか」

「ルミエル大佐、報告は以上かと聞いたんだよ。発言したからには、情報が他にあると見なしていいだろうね。僕の直属の部下を噂程度の信憑性の低い話で糾弾している暇があるのなら、もっと有意義な情報が提供できると」

「はっ……ですが本当に信憑性の低い噂なのですか。なんでも実際に指揮をとり橋を落としたなどと――」

「その追及はもちろん有意義に終着するんだろうね」

モヴリスはすでに笑みを消している。相手が握っている情報がどこまで信憑性があるのかを探っているのだろうが、対峙した者にとっては余計な口は利くなというメッセージと受け取りそうだ。自身の情報によほどの自信がなければ、それ以上言葉は続けられないだろう。

「いえ、その、申し訳ありません」

案の定謝罪を口にした。モヴリスの右隣にいた彼の副官が声を立てずに笑う。こんな会議など時間の無駄だと言いたげだ。

そもそもこの会議に上げられる情報の精査が面倒だ。噂レベルの情報を聞く価値など推して知るべしである。

帝都で新たに爆発騒ぎが起きた場所と、死傷者の数の報告は先ほどの会議で見ていた資料に載っている。だがモヴリスが得ている情報と会議で報告された目撃情報の話が幾分か食い違っている。犯人は八人ほどいたとの証言や、何人かは逃げたと聞いていたが、犯人は三人で全員爆死したことになっている。さてどの段階で情報が捻じ曲げられたのか。

それをすべて調べて、追及しなければならないと思うとうんざりする。最高幹部の情報は重要だが、噂に付き合っている暇はない。

「時間の無駄だね。では、以上でお終いにしようか」

モヴリスの言葉で、会議は終了となった。

「君の噂は凄まじいね。今すぐ拘束しようかな」

「構いませんよ」

アナルドが最高幹部として捕まってもクーデターの計画は勝手に進む。モヴリスにもそれがわかっているから、自分には手を出さないのだ。

「全く狐は可愛げがない。君の奥さんとしゃべりたいなあ。一晩貸してくれない？」

妻と最後に顔を合わせてから、二週間以上が経つ。彼女も一昨日、スワンガン領地から戻ってきたそうだ。帝都にいても自宅に帰れない日々だが、ひとまず家令のドノバンを通じてバイレッタの動向だけは聞いていた。戻ってきた途端に仕事に励む妻の精力的な働きぶりには感心してしまうほどだ。

夫である自分ですら会えないというのに、なぜモヴリスに会わせる必要があるのか。

そもそも貸すとはどういうことだ。

「ああ、そういやスワンガン中佐んとこは浮気性の奥さんだっけか？　俺の相手もしてくれないかなぁ。閣下の次でいいから貸してくれよ」

　モヴリスの隣に座っていた副官の中将がにかりと笑顔を見せた。

　アナルドは即答する。

「断固、お断りします」

「うわっ、怖っ。お前、仮にも上官だぞ。少しは敬えっての。上官命令無視して軍規に反するって訴えて軍法会議に送るぞ！」

　上官命令で愛しい妻を貸し出すくらいならば、アナルドがクーデターに参加してしまいそうだ。腹の中で沸々と湧き上がる不愉快を込めて、真剣に伝える。

「俺の妻を要求したこと、後悔させて差し上げましょう」

「うわ、マジだ……」

「ごめんごめん、ちょっとからかっただけだって。可愛い可愛い妻にメロメロなんだもんねぇ」

　モヴリスが割って入った。

「そういや直属の部下にすら紹介しなかったって？　アイツら祝勝会で相当騒いでたぞ。ご尊顔だけでも近くで拝ませてくれってな」

「やめてください、減ります」

　モヴリスがとりなしてくれたおかげで、副官の表情にもからかいの笑みが浮かぶ。だがそもそも言い出したのはモヴリスなので、アナルドとしては腑に落ちない。

「ぶはっ、何が減るっていうんだよ。こりゃダメだ。確かに相当参ってるな。冷血狐もカタ無しだ。そんなにハマるほどいい女なら、やっぱりぜひともお願いしたいな」

「人のモノに手を出すなら、それなりの覚悟を持つべきだよ？　特にそれが相手の大事なモノならね」

「さすがの俺もゲスな大将閣下には言われたくないでーす。しかも最初に言い出したのはアンタでしょうが。しっかし閣下にまでバレてるほどの溺愛ぶりなのか。あれ、でもお前、確か祝勝会の夜にライデウォール女伯爵と逢引きしてなかったか。ちらほら彼女と密会しているなんて話も聞いているが」

　確かに祝勝会の際にカーラと話したが、バイレッタについて語ったことくらいしか記憶にない。あれを逢引きと言われるのは心外である。

　そういえばそのカーラから今朝も手紙が来ていたことを思い出した。こちらから依頼したことへの返答であり正式な招待状であるため、無下に扱うこともできないが中を確認するのが非常に面倒だった。

これまでもカーラから手紙は送られてきた。生憎(あいにく)と彼女からの手紙の内容は重要度が低く、くだらない文字の羅列で要点を汲(く)みとるのに苦労したものだ。たいていは食事の誘いで、クーデターについての指示はほとんど書かれていない。つい読み流してしまった。

あの手紙に記された日にちはいつだったかと思い浮かべていると、モヴリスが肩を竦めた。

「君たちすっかりお遊びモードだね。襲撃の間隔は狭まってる。この場にいる誰が襲われても不思議はないんだから、気をつけて。まあ優秀なのはわかっているけれど」

モヴリスが呆れた途端、足音荒く男が会議室にやってきた。

「何事だっ」

「申し訳ありません！　緊急ですので、お許しください」

入ってきたのはアナルドの部下だった。だが彼の顔がなぜか蒼褪(あおざ)めている。息も上がっている。ここまで急いできたことは明白だ。緊張を張(みなぎ)らせた彼の言う緊急の用件とは何かと、会議室を出ていこうとしていた面々も注目した。

「スワンガン伯爵家の玄関ホールが爆破されて、アナルド・スワンガン中佐の奥方が意識不明との一報が入りました」

アナルドは一瞬、言われた言葉が理解できなかった。

だが心はわかっていたのだろう。呼吸が止まる音を聞いた気がした。


モヴリスに一言断って慌てて家に戻ると、玄関ホールの惨状に眉を顰めてしまう。

いつもの面影は少しもなかった。同じ場所かと疑いたくなるほどだ。

出迎えてくれる家令のドノバンの姿は見えず、何人かのメイドたちが途方に暮れたように立ちすくんでいた。

その中で一人、慣れたように状況を検分している父にアナルドは声をかけた。

戦争では見慣れた風景と言えなくもない。昔取った杵柄だろうが、衰えてはいないようだ。黙々と作業をしているワイナルドの背中を見つめる。

「ただいま戻りました」

「遅いぞ！」

「これでも随分と急いだのですが」

「無駄口を叩くな。どこまで状況を把握している？」

「我が家の玄関ホールが爆破されてバイレッタが意識不明だ、と」

息子に対しても変わらない横暴ぶりにメイドたちは慄(おのの)いているが、アナルドは淡々と答えるだけだ。

　父はそうかと小さく頷くと、不機嫌そうな顔から一転、面白そうに顔を歪めた。

　嫌な予感しかしない。

「あの小娘の工場の使いで男が伝言を預かったとやってきたらしい。そやつが突然自爆した。黒緑色の煙を上げる炸薬(さくやく)だ。こういうことはお前のほうが詳しいだろうが」

「そうですね、今起きているクーデターの一部でしょう。ほとんど暴徒と化しています。使用された爆弾も同じように思います」

　一般的な黒色火薬を用いた爆弾の場合、上がるのは白煙だ。だが今回のクーデターでは黒緑色の煙になる。黒色火薬とは異なり、威力が桁違いとなるのはすでに周知の事実だ。

　南部戦線でもよく見られた。

　爆弾の管理は軍でも真っ先に確認された。横流しはできないので、未確認の爆弾が使われているのか新たに製造したものなのかは不明だ。そもそも軍の武器はほとんどライデウォール伯爵家が経営している武器屋から仕入れている。彼らが横流しはないと回答している時点で調べようがない。

今回のクーデターのためにあらかじめ製造するとなると場所と資金が必要だ。

先ほどまで金の流れを追っていたが軍の資金に不審な点はなかった。貴族派連中もざっと調べたが、気になるところはなかった。しいて言うなら、南部戦線で散々武器の調達をしてきたライデウォール家の金の動きが一番激しい。

すべてをまとめれば、未把握分の爆弾が存在するということになる。

南部戦線の物資を誰かが密かに横領していたのだ。このクーデターがいつから計画されていたのか沈黙が落ちたほどだった。

「真っ先に気づいた小娘はドノバンを抱えて柱の裏側に跳んだらしい。ほら、そこの柱の陰だ。爆発音がして、玄関に行ったら、半壊した柱の隅で男女がもつれ合って転がってるんだ。まあ驚いたな。それも小娘と家令だ。近づいてみれば、小娘がドノバンの上に覆いかぶさっていてな。大変だったんだぞ、意識のない小娘はしっかりドノバンにくっついていて、離れようともしない。ひとまず小娘を自室に運んだがそれでも服を握り締めていてな。よほど家令が大事らしい。二人がかりでようやく引きはがして寝かせたんだ」

「そうですか」

「あの二人はお前が戻ってくる前から妙に馬が合っていたな。よくあいつも若奥様、若奥様とうるさいくらいで。何かあれば小娘もドノバンに相談していたくらいだ。随分と親密な関係だったから、放っておけなかったんだろうなあ。なんせ身を挺してまで庇って気を失っても離れないほどだ」

バイレッタが屋敷に来て早々に家令と仲が良くなったのは父が飲んだくれていて使い物にならなかったからだが、そんなことは微塵も明かさない。アナルドもなんとなく父の思惑はわかるものの、にやにやと嫌みな笑みを向けて息子をからかっている男の言葉に不快さが募る。

「それで、妻の容態は？」

「なんだ、つまらん。もう少しドノバンや小娘に憤るかと思えば。今、医者が診ているところだから、容態はそっちに聞け」

「わかりました」

ドノバンとバイレッタには情報を把握してからきっちりと落とし前をつけてやる。

だが、それを父に明かすつもりは毛頭ない。

アナルドは玄関ホールから二階へと続く階段を無言で駆け上がるのだった。

妻が寝ている自室に顔を出すと、傷の手当てを受けたドノバンが真っ先に頭を下げた。

父が言っていた医者はバイレッタの処置を終えたようで、診察鞄を片づけているところだった。

「申し訳ありません、若様っ」

「謝罪は後で聞く。バイレッタの容態は？」

もちろん放置するつもりはないが、ひとまず彼女の容態が気になる。

「背中に一度の熱傷とかすり傷程度ですよ。一応、痛み止めと熱が出た時のための解熱剤を処方しておきました。頭を打った様子はありませんが、念のため明日一日は安静にしてください」

スワンガン伯爵家のお抱えの医者は中年の男だ。馴染みの医師だが、妻の体を無断で見たことに記憶を抹殺したくなるのは不思議だ。できるなら、自分がすべてを調べたかった。医学の知識など、軍で少し習った程度にしかないけれど。

「わかりました、ありがとうございます」

「いいえ。とても勇敢な若奥様でいらっしゃる。とっさに柱の裏側に跳んだ判断も素晴らしいですね。おかげで比較的軽傷で済んだようです。起きたなら労って差し上げてください」

医者は朗らかな笑みを浮かべて部屋を出ていく。ドノバンが見送りについていったため、アナルドはバイレッタに近づいた。

彼女は深い眠りについているようで呼吸は穏やかだが目覚める気配はなかった。

かけ布団がゆっくりと上下するのを見下ろして、そっと頰に触れる。

何かで切ったのか赤い線が無数に走る頰が痛々しい。

何が、軽傷だ。

アナルドは、妻のいつもよりも生気の失せた顔を眺めながら、拳を握りしめた。きっと顔だけでなく布団に隠れた体中に小さな傷があるに違いない。

衝動的に眠っている妻を抱きしめたい気持ちに駆られた。

どこまでも腕の中に閉じ込めて、二度と離したくない。

きっと彼女は顔を顰めて、拒否をするだろうが。

その時、控えめなノックの音が響く。

振り返れば、ミレイナがメイドを伴い部屋に入ってくるところだった。

「お兄様、戻られていたのですね」

「ああ。軍にも知らせが入ったんだ。それは？」

メイドが抱えていたハサミを見て尋ねると、ミレイナは悲痛に眉根を寄せた。

「お義姉様の御髪が焦げていたので、整えようかと思いまして」

「今、必要か？」

いつも怯(おび)えて母親の陰に隠れて自分を見つめてくる印象しかない妹は、ぎりりとアナルドを睨み付けてきた。そういえば、南部戦線から戻ってきた時も怯えたような視線を向けられていたはずだ。その時の探るようなまなざしから、今ではしっかりと憎悪が籠もっている。

「お義姉様は巻き込まれて、とばっちりを受けたとドノバンから聞きました。つまり、お兄様と離縁が成立していれば、こんな怪我をしなくて済んだのですよね。八年間も放っておいた妻との離縁を認めないなんて、頭が固くて、意固地なお兄様が我儘を仰らなければ、安全な場所にいられたのですよね」

「起こったことを責めるのは時間の無駄ではないか」

たら、ればを語ればキリがない。

彼女が無事だったことは確かに幸運だったとしか言いようがない。本当ならば失っていたかもしれない。自分の仕事や立場のせいで家族が、大切な妻が犠牲になるだなんて思ってもみなかった。いや、戦争で恨まれている人生だ。どこかで報復されるものと思ってはいた。だが、彼女以外が巻き込まれたとしても、これほど感情を揺さぶられたりはしない。

だから、会議室でアナルドは頭が真っ白になるほどの衝撃を受けたのだ。

そして、今度こそ間違えないように戦略を練らなければならない。

幸運が何度も続かないことを知っている。

命は、あっけないほど簡単に失われることを知っている。

戦場では当たり前で、これまで何度も目にしてきた光景を思い浮かべて、一瞬天地の境がわからなくなった。

自分は相当に毒されているようだ。失いたくないと願ってしまうだなんて。

「女心に疎いお兄様は出ていってください！」

ぴしゃりと妹に叱られて、アナルドはそっと部屋を後にする。

眠っている妻を起こすのは忍びなかったからだ。


ミレイナはバイレッタの髪を整えると早々に部屋を出ていったようだ。アナルドが戻ると部屋には彼女が寝ているだけだった。

そこから、バイレッタの様子を眺めていたら夜が明けていた。彼女は一度も目を覚ますことなく、穏やかに眠っている。

朝日に照らされる白い顔をなんとなく見ていると、ドノバンが呼びに来た。昨日、散々小言を述べたせいか、やや怯えた態度になっている彼を横目に玄関ホールへ向かう。妻の客が訪れているとのことだった。こんなに朝早くから何事だろう。

家令の話では妻の秘書ということだが、昨日の件もあり少し警戒する。だが、杞憂(きゆう)にすぎないと知った。壊れた玄関には随分と洗練された身のこなしの男が立っていた。

「朝早くに申し訳ありません。私はバイレッタ様の秘書をしている者です。昨夜、彼女が襲われたと知らせがありまして、恐縮ですがいてもたってもいられずに押しかけてきてしまいました。彼女の様子はいかがでしょうか」

心配げに眉を寄せている様に、バイレッタの容態を本気で案じているのだとわかる。

「背中に火傷(やけど)を負ったほかは、軽症とのことです。ただ、今日一日は念のため安静にしているように、とかかりつけ医からは告げられています」

「左様ですか。では、すみませんが二十一番の布で返答しておくと伝言をお願いしてもよろしいでしょうか。本日が返答期限となっておりまして、バイレッタ様は非常に気にやまれると思いますので」

「わかりました、妻が目を覚ましたら伝えておきます」

頷くと、秘書の男は少し表情を和らげた。

「旦那様は話に聞いていた方とは少し違うようですね」

「話に聞くとは……妻からですか？」

「あまりバイレッタ様は旦那様の話はされませんね。仕事柄、軍にもよく出入りさせていただいておりますので、そちらからはいくらか小耳に挟むこともあります」

「ほう？」

軍での自分の話など嫌な予感しかしない。案の定、彼女の秘書が語る話は碌でもなかった。

「融通が利かなくて狭量、と。おそらくは旦那様の直属の部下の方たちだと思われますが」

「なるほど」

祝勝会で妻を引き合わせなかったことをよほど恨まれているようだ。たかだか引き合わせなかっただけで騒ぐ部下たちに、ますます会わせる気はなくなっていくのだが。

「可愛らしい奥様を持たれると、気苦労が絶えませんね」

からかい交じりの言葉に、少しおやと思う。

彼女の秘書は、アナルドに敵愾心を抱いていないらしい。彼女の叔父はそれは凄かったというのに。

どちらかと言えば、彼女の父親に会った時の既視感を覚えた。

「妻とは付き合いが長いようですが？」

「バイレッタ様が学生の頃からの付き合いになります。彼女の叔父にあたる方が私の師匠というか。商売のイロハを教えていただいた方になりますので。そうだ、それで少々お伝えしたいことがございます。話は変わりますが、エミリオ・グラアッチェという男をご存じでいらっしゃいますか」

「立法府の議長補佐官、ですか？」

「そうです。彼はバイレッタ様の同級生に当たります。当時も随分と工場長には執心のようでしたが、最近は度を越しています。気をつけていただきたいと思いまして」

「議長補佐官が彼女に気があるのはわかりましたが、そこまで警戒する何かがあるのですか？」

「彼女が学生の頃に暴行事件がありました。ご存じでいらっしゃいますか？」

男が窺うようにアナルドを見つめてくる。最終学年の時に彼女が襲われて、相手を返り討ちにした事件のことだろう。妻を調査した時の報告書には、彼の名前はなかった。

妻と一緒に祝勝会に出た際に少し言葉を交わした程度だ。ついでに言えば、最近の仕事の関係で話題の人物でもある。

「その首謀者が彼だと聞いております。実行犯をけしかけて高みの見物を決め込んでいたようですが……その頃からわりと執拗に手を出そうとされていたようです。一時は愛人の話などもありました。侯爵家から内々で、働きに来ないかという話もあったようです。それは建前で実際は妾として囲うつもりのようだと察したバイレッタ様のお父上が早々に手を打ったと聞いております」

首謀者が彼であると聞いて、祝勝会でのバイレッタを思い出す。だから、妻の様子が少しおかしかったのだろう。

しかも、だ。

妾で囲う？

バイレッタを？

随分と彼女を馬鹿にした話に、思わず唇の端を吊り上げてしまう。

「それは、なんとも愚かな話に聞こえますね」

「はい。師匠も、冷笑されておりました。諦めたのかと思っていたのですが、また最近現れまして。旦那様がバイレッタ様のお命を狙っていると忠告されて帰られました。もちろん彼女は取り合うことなく追い返しましたが。その後すぐにこの騒ぎが起こりましたので、気にかかりまして」

「俺が彼女の命を奪うと話していたのですか？」

それを彼女は取り合わなかった。つまり、アナルドは信用できると思われているのか。それとも、信じることすらどうでもいいと思われたのか。

今のアナルドには全く判断がつかないのだった。

随分と体が重い。いや痛みがあるというか。

体に違和感を感じたが、夢見が悪かったせいかもしれないと目を覚ましたバイレッタは思い直し、元凶に気がついて恐る恐る声をかけた。

「お、おはようございます……？」

目を開ければ、不機嫌を絵に描いたような夫がベッドの脇に立っていた。

スワンガン伯爵家の夫婦の寝室だと場所を把握するよりも先に、夫の状況を知るほうが早かった。

久しぶりに項がぴりぴりする。

逃げたいのに逃げられない。

自分が自然と目覚めたのか、この暗黒ともいえるオーラで目覚めたのかは判断がつきかねた。

忙しいはずのアナルドが、日が昇っても自宅にいる。

そもそも家にほとんど帰ってこないとドノバンから聞いていた。

実際バイレッタが領地から戻っても顔を合わせなかった。

クーデターの最高幹部かもしれない彼が忙しいのだろうということは察せられる。

それなのに、なぜここに立っているのか。

「おはようございます。もうすっかり昼も過ぎていますが」

「え、昼……あっ、選定した布の回答の締め切り！」

「朝早くに貴女の秘書が来て、回答しておきますと話していました。今日くらいは一日安静にしているようにと医者からも言われています」

「ああ、よかった。あの二十一番の光沢があれば素敵な上着が格安で量産でき……すみません、安静にしています」

ごごごと音が聞こえそうなほど闇が濃くなった。

仕事の話はダメだ。

夫が何か違う存在にメタモルフォーゼしてしまう。

「あ、そうだ、爆発！　どうなりましたか。ええと、ドノバンは無事——」

目に見えてアナルドの顔色が変わる。それはもう劇的に。

まさかあの家令が亡くなった？

バイレッタは蒼白になった。

男を怪しんだ時点でドノバンをもっと下がらせておけばよかった。まさか自爆するとは思わなかったのだ。相手はクーデターを起こし、あちこちを爆発させているではないか。もっと慎重に対処すべきだったのに。

後悔が胸を突く。

アナルドは静かに口を開いた。

「倒れている貴女たちを見つけたのは父です。しっかりとドノバンを抱きしめて離さないまま気を失っている貴女を引きはがすのが、それはもう大変だったと長々と語られました。しっかり、べったりくっついていたようで」

「え？　ドノバンは無事なのですか」

「貴女が爆風と熱を浴びたので、彼は吹き飛ばされた拍子に顔をこすった程度のかすり傷です。すでに通常業務に戻っていますよ」

「はあぁ……よかった。本当によかったです。どうしてそうもったいぶった言い方をなさるのです」

やや批難を込めて見上げると、なんだか冷笑を浮かべている夫がいた。

あれ、表情筋を駆使している。家の中ではあまり使わないようにされていたのでは。

いや、妻には気を使ってか表情を動かしていたようだが、冷笑はなかった。

なぜ今ここで？　見せつけるべき相手はいないのだが。

というか、その顔を初めて拝見させていただきますが……。

項のぴりぴりは刺すような刺激に変わっている。

できれば、逃げ出したい。いや、逃げたい、一刻も早く。

「貴女は背中に一度の熱傷を負いました。髪も少し焦げていましたので、焼かれた部分はミレイナが侍女に命じて整えさせています」

「あ、はい。ありがとうございます。後でミレイナにもお礼を言いますわ」

気が利く心優しい義妹は、心配性だ。バイレッタの髪をいつも綺麗だと褒めそやしていたから自分以上に心を痛めてくれただろうことは想像に難くない。

アナルドはそんな妻には構わず、話を続ける。

「屋敷の玄関ホールは半分以上吹き飛んで、男は肉塊になりました。掃除が随分大変だとメイドたちが失神を起こしつつ苦慮していましたので、専門の業者を呼んでついでに玄関ホールも修理しています。修理にはしばらくかかるだろうと業者がこぼしていましたよ。かなり殺傷力の高い爆薬だったそうで」

「あ、そうなんですね」

「そんな貴女がドノバンの心配で、次はミレイナへのお礼ですか。そうですか」

「え、いけませんか？」

「そうですね、不愉快です」

「なぜ!?」

不愉快とはどういうことか。

ここは褒められるとまではいかないが、死者を出さなかったことを労ってもよいところではないだろうか。しかも可愛い義妹にお礼を言うことも大事だ。

それなのに、不愉快？

バイレッタは頭が混乱した。

それからのアナルドの説教は長かった。だが結局、男とくっつくなという話だったような気がしないでもないが。人命救助を優先してこうまで叱られる理由はなんだ。

しかし執事の次に気にするのが義妹で、傍にいた夫への言葉は何もないのかと言われたが挨拶しましたよねと指摘すればますます彼の怒りが増した。

解せない。

だが、今口を挟むのはよろしくない……ような気もする。それでもやはり人命救助は大事だし、義妹の気遣いはありがたがるものではないだろうか。毅然と夫に告げれば、絶対零度の笑みを向けられた。

そうして滔々と叱る夫に対して、バイレッタはただひたすらに弁解と謝罪を繰り返すのだった。

「しばらく外出は禁止です」

くどくどとした説教の締めくくりは、そんな暴君な一言だった。上から目線もいいところだ。

さすがのバイレッタも、これには反抗精神がむくむくと湧く。

「そんな横暴な！　仕事がありますから無理です」

「落ち着くまでです。命と仕事とどちらが大切なんですか」

「大げさな……簡単に殺されたりしません」

実際には実行犯は爆死しているし、近くにいた自分が危ないところだったとわかっている。だが、それを告げるつもりはなかった。認めるのが悔しいというのもある。

売り言葉に買い言葉というやつだ。

だが、アナルドのまなざしが瞬時に鋭くなる。

「ほう、そうですか。では爆弾でも剣で切られても銃で撃たれても貴女は死なないのですね」

「そんなことは言っていません。そんな人は人間ではないでしょうに、子供のような屁理屈ですわね」

「俺は頭が固くて、意固地のようですから。その上、融通が利かなくて狭量のようですし？」

「な、なんの話ですか」

唐突な悪口に、思わずきょとんと夫を見つめてしまう。

怒りの気持ちが萎んで肩透かしをくらったような気持ちになったが、当の本人は特に気にした様子もなく続けた。

「とにかく、外出は禁止です。なんなら、このまま動けなくしてもいいのですよ」

夫のエメラルドグリーンの瞳が怪しく光る。

ぎしりとベッドに乗り上げてきたので、思わず手元にあった枕を彼の顔に押し付けた。

「賭けの期間は一ヶ月でした。もう終わりましたから、二度と私に触れないでください」

夫婦生活は一ヶ月の間だけだ。

アナルドは枕をどかすと、少し考えつつ口を開く。

「でも貴女は俺の妻でしょう？」

「今はそうですけれど、離縁していただけるなら、すぐ様応じますわ」

「もしかしたら子供が腹の中にいるかもしれませんよ」

「だとしても、夫婦生活を送るのは一ヶ月の約束です」

「子供がいれば、夫婦生活は続行ですよね。まだ月の障りはないのでしょう？」

「ありませんが、いないかもしれませんよね。そうであれば離縁していただきますから夫婦生活を送ることはありません」

証明できないのだから、離婚できずとも夫婦生活を断る理由に足るとバイレッタは考えている。

「なるほど、どちらとも判断がつきませんし、貴女の意見を変えることは難しそうですね。ところで話は変わりますが、エミリオ・グラアッチェと会っていたと？」

「何を……別に貴方には関係ありません」

アナルドがクーデターの最高幹部で妻を殺そうとしているから逃げろと伝えに来たのだから、むしろ物凄く関係がある話なのだが、エミリオがもたらした情報という時点ではなはだもって怪しい。

「俺の妻は本当に花のようだ」

ふっと顔を歪めてアナルドが嗤う。

バイレッタは震えるほどの怒りを覚えた。

彼はまるで自分の悪名高い噂を聞きつけた男たちと同じ口ぶりだ。

ざあっと音を立てて記憶が頭の中で再生される。

いつも、いつも、いつも――。

「一方的に寄ってきて好き勝手にさえずるのは、いつも相手ですのよ！」

そこに自分の意思はない。勝手に寄ってきて自由気ままに自分を蹂躙する。言葉でも態度でも。少女の心はそのたびに傷ついて、それをバネに奮い立ってきた。守ってくれる腕にすら意図が絡んでいるのを知っている。だからこそ、自分の力だけで立たなければならなかった。

思惑も思考も、バイレッタの望みとはかけ離れたところで動く。いつも巻き込まれて押し付けられて、レッテルを貼られて。噂がつきまとう。毒婦だの売女だの娼婦だのと。

どれだけ足掻いて、押しのけても、次から次へと向けられる視線に吐き気がする。

欲望も打算も侮蔑も嘲りも。

純粋に自分を見つめる瞳など、どこにもありはしない。

いや、一つだけ。目の前にあるガラス玉のようなアナルドのエメラルドグリーンの瞳は無機質だ。それでも、そこに何かしらの熱量を感じるようになったのはいつからだろう。

初めからのような気もするし、初めの頃とは異なっているようにも思える。

それでも、欲望交じりの瞳はバイレッタにとっては嫌悪の対象だ。

その視線の中に、確かにある見透かすかのようなまっすぐな光には目を逸らす。

だって彼は、いつだってバイレッタを怒らすようなことしか言わないから。

彼の本心が、全く見えないから。

それは、今も同じだ。

「バイレッタ、君のせいですよ」

いつだって悪いのは男を誑(たぶら)かす美貌を持つバイレッタで。

気が強くて自尊心の高い、高慢な態度のバイレッタで。

頭の回転が速くて機微に敏いバイレッタで。

誰が悪いのか、誰のせいなのか。問いかけても答えはいつも自分だと返ってくる。

今も、彼はそう言ったのだろう。

もっと醜く、気が弱く、低姿勢で、頭も鈍ければ幸せになれるとでも言うのか。

でもそれは、バイレッタではないのだ。

バイレッタは思い切り、アナルドの頰を張り飛ばしたのだった。

第六章　大嫌いな貴方

一日ではスワンガン伯爵家の玄関ホールの修繕は終わらなかった。あれほどの大規模な爆発であれば当然ではある。伯爵家の修復中の玄関ホールにはあちこちに布がかけられ、仮の扉が据えられているが、普段の重厚な扉を見慣れていると薄っぺらいものだ。

そんな修復中の玄関ホールの扉を塞ぐように堂々と立っている軍服姿の男が恐ろしく違和感がある。

「護衛とか必要ないと思うのですが」

すべてを脇に置いて、バイレッタはひとまず一言だけ言い返してみた。

だが相手は尊大な態度を崩そうともしない。やってきた時からさも面倒だと言わんばかりの姿勢を変えるつもりはないようで、バイレッタが不快になろうとも構わないらしい。

「そうですね、噂はかねがね聞き及んでおりますよ。ですから私も護衛だなんて非常にくだらない任務だという点には同感です」

「ではお引き取りいただいて結構ですよ」

「上官命令ですので、逆らえません」

「そこは上官に従うのですね」

アナルドを怒らせた罰だろうか。こんな嫌がらせをしてくるなんて。噂好きの偏見を持った護衛なんて全く必要ではない。意外に夫は狭量なのだな、と変なところで感心してしまった。

「わ、若奥様……こちらの方は？」

横で成り行きを見守っていたドノバンが、たまりかねたように口を挟んだ。

バイレッタは安心させるようににこりと微笑む。

「アナルド様の部下の方よ」

本当はバイレッタが声を大きくして聞きたい。彼を寄こした理由はなんだ、と。

昨日アナルドの頬を張り飛ばした後、呼びに来た家令とともに彼は部屋を出ていった。どうやらモヴリスの屋敷で立てこもりが起きて呼び出されたらしい。

彼は頬を赤くしていたが、少しも頓着する様子がなく、それでも一言も発しなかったのは怒っていたからだろうか。

冷静になれば、そこまで怒ることではなかったし、夫の頬をぶっていい理由もなかった気がする。いや、やはり横暴な夫に制裁を加えるべきだと頭を振ったが、すぐに消沈した。

一ヶ月間のイライラをアナルドにぶつけただけだ。一ヶ月と言わず、長年の鬱屈した感情だ。彼は、十分の一ほどしか悪くない。いや、やはり悪いことは悪い。

夫はなぜか自分を怒らせる天才なのだから。

最初はアナルドに会ったら軍のクーデターや最高幹部扱いされていることを聞こうと考えていたのに、そんなことはすっかり吹き飛んでいた。彼が自分を殺そうと画策しているのかどうかも探れなかった。

その後アナルドは戻ってくることもなく、謝罪することもできなかった。

朝になって仕事場に行く準備をしているとドノバンに見つかった。怪我の治療を優先にという家令と玄関ホールで押し問答をしているところに、軍服姿の彼がやってきたのだ。アナルドの命令で自分の護衛につくように言われたと不機嫌そうに。

外出禁止を言い渡していたくせに、部下をつけてくるあたり自分の行動はわかりやすいのだろうか。それとも譲歩案だろうか。相手がいけ好かない嫌みな男という時点で嫌がらせだということは決定したが。

再び襲われる心配よりも、男の態度が鬱陶しくて気鬱になりそうだ。ノイローゼになったら慰謝料をどこに請求すればいいのだろう。クーデターを起こしている者か。それとも命じた夫か。

「で、どこかに向かわれる予定ですよね。浮気相手のところですか」

全く狭量な夫を怒らせるものではないと反省する。仕事場に行くのも馬鹿らしくなってバイレッタは馭者に行き先の変更を告げた。

帝都の商業地区へと向かう。

「あの、スワンガン夫人、どちらに向かわれるのですか」

すると護衛の男が不審げに問いかけてきたが、説明してやる義務はない。

バイレッタは向かいに座る護衛の男に静かにするように促した。

そもそもバイレッタは怒っている。

スワンガン伯爵家が領地の潤沢な資金を使ってクーデターに加担していると見做されたり、隣国と繋がって軍をかく乱していると疑われたり。アナルドがクーデターの最高幹部かどうかは別にして家は関係ないと言いたい。その上、自爆テロに巻き込まれてバイレッタ自身、命を落とすところだったのだ。

だが疑われているのを我慢しているのもなんだか癪だ。できれば、ライデウォールの商会に立ち寄って敵情視察をしたい。相手を知らなければ、戦うこともできないとは叔父の教えである。もちろん商売での話だが。

「ここは、武器屋ですか？」

帝都の商業地区の片隅に馬車を停めて、バイレッタは通りを歩いた。バイレッタの視線を読んで護衛の男が静かに口を開く。

「ライデウォール伯爵家が資金を提供して運営している武器屋よ、知っているの？」

「もちろん。軍の支給品はほとんどがあの店の提供ですよ。他にも武器商人との取引はありますがね。いずれも国が一括で買い付けています」

それはなんとも景気のいい話だ。

ライデウォール伯爵家は帝国貴族派であるので、軍での発言権を高めるようなことはすべきではないが、きっと政治的な理由で断れないのだろう。

そんな強大な相手とどう戦えというのだ。店構えだけを見ていると忙しそうに働いている店員と客たちが見えるだけで、まっとうな商売に見えるしおかしな様子もない。

「いったい、何をしに来たんです」

「敵情視察よ。情報というのはどんな些細なことでも大事でしょう。見ておいて損はないわ」

「なるほど、確かに一筋縄ではいかないな」

呻くようにつぶやいた護衛の言葉を気にする前に、店の裏口に馬車が停まるのを見て、バイレッタは眉を顰めた。違和感が強くなる。

幌のついた馬車だが、武器を積んでいるにしては簡易なのだ。これから武器を運ぶにしてもあの馬車ではそんなに重いものが運べない。何より店のマークなど一切ないなんの変哲もない幌馬車だ。

そのことに気づいた時、裏口からずだ袋を運んでくる男たちが見えた。二人組は幌の荷台に袋を放り投げた。その際に袋の口から何かが飛び出ているのがわかった。なんだろうと目を凝らすと、人の手が見えて戦慄した。

なんてことだ、あの袋の中には人が入っている。

「い、今の見ましたか。あの馬車をつけましょう」

何かわからないが、犯罪が起きている。

人が袋に入れられて運ばれているだなんて、犯罪以外の何ものでもない。何ができるかわからないが、義理人情に篤いバイレッタには見過ごすという選択肢がない。

「ちっ、あの馬鹿ども……しばらくは傍で監視しておくだけでいいと言われたのに……まあ、いい。一緒に来てもらうだけだからな」

「え？」

男の口調が変わって顔を向けた途端に、鳩尾に強烈な一撃を受けた。そのままバイレッタは意識を失ったのだった。

「……さん、お嬢さん……っ」

意識の遠くから声をかけられて、ふっと目を覚ますと、どこかで見たことのある小柄な老人が自分を見つめていた。真っ白な短い髪はやや乱れていて、全体的に随分と草臥れている。簡素なシャツもスラックスも上等なもののようだが薄汚れていた。何より両手を後ろ手で縛られたまま、バイレッタの顔を覗き込んでいた。

「ここは……」

「ああ、よかった。気がついたんだね。君は薬を嗅がされたようでここに連れてこられて二時間ほどは眠っていたよ。まだ昼を過ぎた頃だが、場所までは見当がつかんな。私もお嬢さんと同じように連れてこられたからねぇ」

部屋はわりと広い応接間のような場所に見える。壁には調度品が飾られ、暖炉の上には立派な絵画もかけられている。残念ながら窓には厚手のカーテンがかかっていて外の様子はわからない。

だがバイレッタが寝かされていたのはソファだった。

老人は絨毯の敷かれた床に膝をついた状態でバイレッタの傍にいた。

今、自分と一緒にいるということはライデウォールの経営する武器屋で目撃した手の持ち主は彼だったのだろうか。それとも全く別の場所へ運ばれたのか。

「もしかして麻袋に詰められて馬車に乗せられていましたか」

「ああ、見ていたのか。そうだよ、私だ。アイツらも老人に手荒だよね。店の地下倉庫みたいな場所にしばらく閉じ込められたと思ったら、次は麻袋に詰めて馬車に放り込むのだから。私は豆ではないぞ、小柄だがな。やっと麻袋を外したと思えば、今度は腕を縛り上げられた、老人を敬う気が少しもないね」

「すみません、全く状況がわからないのですが……」

「はは、それにしては随分と落ち着いているね。君は確か、スワンガン中佐の細君だろう」

「私をご存じで？」

「祝勝会であれだけ噂になれば。さしもの冷血狐も嫁には形無しだとそれは凄かった。確かにあの坊やにしては柔らかい顔をしていたからね」

「は、はあ？」

それはどこの狐の話でしょうか。

決して自分の知っている彼ではないはずだ。

クーデターの最高幹部として辣腕を振るっているとまでは言わないが、ぶたれたことへの腹いせに嫌みな部下を妻の護衛につけるような狭量な男である。

だが老人はアナルドのことも祝勝会のことも知っているようだ。

確かに見覚えがある気がする。バイレッタは記憶を探って、ああと思い出した。

「グルズベル大将閣下？」

ヴァージア・グルズベルは歴戦の英雄とまで謳われている軍人だ。アナルドからは恩人だとも聞いた。祝勝会の時に遠目に見かけた小柄な老人である。

「この前退官したさ。こんな素敵なお嬢さんに知ってもらえているとは面映ゆいものだね」

朗らかに笑う老人の背後に、悪魔な男を見た気がして、さすがはモヴリスの元上官だと戦慄した。長年同じ空気を吸っていると、似てくるのかもしれない。つまり、夫もモヴリスに似てくるのだろうか。

なんて恐ろしい。稀有な伝染病よりも厄介だ。

「私をここに連れてきたのは、軍人ですか」

「そうだよ、心当たりはあるかい？」

アナルドが手配した護衛の態度が悪すぎた。全く敬う気配がなかったのはもともと連れ去るつもりだったからだろうか。とにかく自分を気絶させたのだから、そのままの流れでいけば、この部屋に連れてきた軍人というのは今朝の護衛の男だとバイレッタは当たりをつけた。

「夫の部下の方のようです」

「うん？　いや、あの坊やの直属の部下にしちゃ空気が荒んでおったがな。ふうむ、何やらいろいろと悪さをしておる輩がいるね」

「夫の部下も知っているのですか？」

「彼が率いていたのは連隊だからまあ全員とは言わんが。直属の部下とは随分と楽しそうだったぞ。南部では部下のために高級娼婦を買ってやったり高級娼館を貸し切ったとかで感謝されておってな」

似たような話はウィードからも聞いている。戦場に行けば軍人なんて女の話ばかりなのか。

「冷静で冷酷な作戦ばかりを打ち立てるから敵からは恐れられていたが、部下たちからは慕われておったぞ。ああ、祝勝会では恨まれていたか」

「祝勝会で？　なぜです」

「そりゃあ、こんなに素敵なお嬢さんを間近で拝める機会なんぞそうそうないからね。部下くらいには紹介してくれるだろうと期待していたのに、近寄らせもしなかったからさ」

祝勝会の場でアナルドに挨拶しなくていいのかと聞いた時に場の空気を悪くするからとやけに素っ気ない態度だったが、実際はバイレッタを紹介したくなかったからか。あの時は悪女の噂が軍に回っていたので、悪意に晒される妻を庇ったとも思える。だが夫が自分を無料の娼婦扱いしているのは理解しているので、つまり善意ではなく騒がれて煩わしい思いをしたくなかっただけかもしれない。

「昔のことだが、とある作戦中に坊やの部隊の中に敵の工作員が紛れ込んでおって、情報漏洩が発覚した。まあその情報を逆手にとってあっさりと返り討ちにしたのは本人だが。工作員を教えてやったのが私で、それ以来やたらと恩義を感じているのか便宜を図ってくれてな。見かけは本当に冷血な狐だが存外、義理堅く熱い男だよ。それからはなるべく部下とも交流を持つようにしていると聞いたがね」

確かにアナルドはヴァージアのことを恩人だと話していた。てっきりモヴリスの上司だから尊敬しているのかと考えていたが、本当に救われたのだろう。

「そんな男が部下にどれだけせがまれても頑なに妻を紹介しないのだから、面白いものだ」

なんとも答えられず、バイレッタは思わず俯いた。どうでもいい存在だと思っているからだろう、と返せばよかった。

アナルドからは何も言われていない。それなのに勝手に心は期待して、頰が熱くなる。

他人に見せびらかす価値のない女だと思っているからでは？

自分の頭とは真逆に浮かれようとする心に、必死で言い訳を並べ立てる。

今だって、彼の部下のせいでこんな場所に連れてこられているというのに。いったい、彼に何を期待するというのだろう。そもそもバイレッタが爆発騒ぎに巻き込まれたこともアナルドの仕業だとエミリオは話していた。

いや、彼が自分を殺すつもりなら、そんな面倒なことを計画する必要はない。

それに、あんなに怒るほど心配もされないだろう。

懇々と彼に説教された事実を思い出して、バイレッタはなんだかむず痒くなる。

そう、彼は心配してくれたのだ。忙しくてほとんど家に帰ってこない仕事人間の夫が、妻が怪我をしたと聞いてすっ飛んで帰ってくるほどには。

それは、とても。

嬉しい気がした。

とはいっても、アナルドが自分を殺そうとはしていないという確信が持てない。

悶々としていると、扉が開かれた。

「なんだ、目が覚めていたのか」

やってきたのはエミリオだった。

「グラアッチェ様……、これはどういうことです」

「君が殺されそうになったから助けてやったんだろう」

「では、グルズベル元大将閣下のことはどう説明されるのですか。明らかに縛られていますが」

「議長補佐官か……ようやく敵が姿を現したかと思えば。つまり、貴族派の差し金だろう」

ヴァージアもエミリオのことを知っているらしい。祝勝会に議長の名代として参加していたので当然かもしれない。

「私の権限はそれほど大きくはないが、捕らえたことに意味があるのかい」

「もちろん、狐狩りには必要ですよ。巣穴を塞いで狩場に猟犬を放って囲い込み、馬を駆って好きなように動かすには重要な駒ですからね」

「グラアッチェ様、歴戦の英雄である閣下を前にあまりな言葉のようですけれど」

ヴァージアは数々の戦場でいくつもの功績を上げてきた。つまりそれだけ帝国を守ってきてくれたというのに、駒扱いだ。エミリオの軍人嫌いは知っているが、それにしてもひどい言葉である。

「ふん、軍人に気を遣う必要など感じないが。駒という言い方が気に入らないなら猟犬扱いでもいい。私には関係ないね。それより狐を囲い込むことが大事だろう」

狐とはアナルドのことだろう。つまり、ヴァージアを捕らえてアナルドを好き勝手に動かしていたということだ。

「クーデターの最高幹部をスワンガン中佐に仕立てるためか」

「仕立てるとは聞き捨てならないな。すべての計画は中佐が立てたんだ。私たちはそれを阻止しようと動いている。なにせ彼は直属の上司である大将まで手にかけたんだからな」

直属の上司とはきっとモヴリスのことだ。彼の屋敷で立てこもりが起きたとアナルドが駆け付けたことは知っている。それなのに、夫が上司を手にかけたとはどういうことだろうか。

「そういう筋書きを議長が立てたということだろうに。なんとも卑劣な手を……さすが貴族派は陰険だね」

ヴァージアは不快げに眉根を寄せただけだが、近くにいたバイレッタには彼の肩が震えていることがわかった。怒りを必死で抑えているのだろう。アナルドが彼を恩人だと尊敬していることを知った貴族派が利用していることはわかった。その企てにうかうかと嵌まってしまった己が許せないのかもしれない。

先ほどからエミリオはしきりに狐狩りと言っている。狩場に囲い込んだ狐を始末するというところまでが計画なのだろう。

つまりクーデターの最高幹部としてアナルドを抹殺するということを指す。

クーデターのおぜん立てをして報奨金の支払いを誤魔化し、軍の中佐に最高幹部を押し付けて処刑することでうやむやにする。それが今回の旧帝国貴族派の企みというわけだ。それが成功すれば軍人派はかなりのダメージを受け、帝国貴族派は勢いを増すことは間違いない。

軍人派は基本的に平民で構成されている。モヴリスもヴァージアも同様だ。そんな中、伯爵位を持つ嫡男であるアナルドが軍でクーデターを起こす。しかも平民が多い下士官以下の一般兵を率いて、狙うは上層部の軍人派たちだ。

貴族派にならないスワンガン伯爵家をやり玉に挙げることで、中立派の爵位持ちの軍人たちへの見せしめにもなるし、貴族派の権力も示せる。

クーデターが成功したとしてもアナルドを取り込んでいるのだから貴族派に有利に終結させることができるし、失敗してもアナルドが処刑されることで、軍人派の大部分に壊滅的な被害を与えられる。

成功しなくても貴族派に痛手はなく、軍人派だけが力を削られる形だ。どちらに転んでも貴族派に損失が出ないように計画されている。

軍人派の爵位持ちの家族だったら誰でもよかったのだろうが、今回はアナルドに条件が合致しすぎた。戦中に儲け、領地持ちの嫡男であり、軍部の中でも有名だ。しかも南部戦線では大将となったほどに功績を認められたモヴリスの直属の部下が裏切ったとなれば、軍部に相当な衝撃を与えられるだろう。

なんてことに夫は巻き込まれたのだと頭を抱えたくなる。だが、一方で安堵もしていた。彼がクーデターの最高幹部であると噂を聞いた時から違和感しか覚えなかったが、自分の感覚が正しかったのだ。恩人を人質に取られて仕方がなく行動したのだとすれば納得がいく。

だが、そうなるとバイレッタの命を狙ってスワンガン伯爵家を爆発したことは説明がつかないが。

「あら、ようやくお目覚めかしら」

ばんと扉を開けて入ってきたのは、金色の巻き毛の豪奢な女だ。

相変わらずの濃い化粧に、バイレッタは瞬きを繰り返した。

「ごきげんよう、バイレッタ・スワンガン夫人」

カーラ・ライデウォールはブルネットの瞳を細めた。向けられた視線には、はっきりと敵意が込められている。

祝勝会では紫色の毒々しいドレスだったが、自宅でもけばけばしい緑色の目に痛いドレスだ。なんとも不思議なドレスだが、どうしても雰囲気が派手だ。そして変わらずに清々しいほどよく似合っている。

「ようこそ、ライデウォール伯爵家へ。といっても、ここは本邸ではなく別邸ですけれど。頼まれた方だけ連れてきたかったのに、どうして余計なものまでくっついてきたのか不思議だけれど、目が覚めたのなら出ていってくださらない？　貴女を招待した覚えはないの」

バイレッタとしてもここにいたくているわけではないので、帰れるなら帰りたい。

誰の思惑でここに連れてこられたのかはわからないが、少なくともカーラでないことは確かだ。つまり、エミリオの指示ということだろうか。

「もうそろそろ約束の時間ですから、そこのおじいちゃんを連れていくわね。少しは身ぎれいにしておかないと怒られちゃうもの」

どうやらヴァージアを連れていくために、カーラはやってきたらしい。だが誰に怒られるのか、とバイレッタは訝しんだ。

エミリオはカーラが誰と会うのかわかっているのか、ゆったりとした笑みを浮かべる。

「すぐにやってきますよ。ライデウォール女伯爵様。もてなしの準備は整っているのですか」

「もちろんよ。彼の好きなお酒もお料理も用意したわ。どうせお嬢さんには彼を満足させられないでしょうからね。では、行きましょうか」

ドレスを翻して、ヴァージアを引き連れまた扉をばたんと閉めて出ていった。音を立てなければ気が済まないのだろうか。

鼻が痛くなるほどのどぎつい香水も変わらない。思わずバイレッタは噎せた。彼女の姿はなく、残り香だが。

エミリオと二人残された部屋で、せき込んでいると彼は急いたように口を開いた。

「おい、行くぞ。ここでぐずぐずしているとお前は殺される」

「どういうことです」

「お前の夫がここに来るからな」

「アナルド様が？」

つまりカーラが迎える準備をしているのはアナルドのためか。ヴァージアを身ぎれいにするのは不当な扱いをしていないと示すためだろう。だが、どうして自分が殺されてしまうのか。

「別に逃げる必要を感じませんが。殺されるというのは穏やかではありませんね」

「スワンガン中佐を殴ったんだろう、報復されるとは思わないのか」

報復されるほどに腫れてしまったのか。

バイレッタが思わず黙っていると、エミリオが何かを思い出しながら愉快そうに肩を揺すった。

「頬を真っ赤に腫らしているのは、軍でも随分と見ものだったらしいぞ。それに今日は議会の一日目で中佐も参加していたからな、さすがに腫れは引いていたが物凄い騒ぎになっていた。あの中佐にそんなことをするのはお前くらいだろう」

それは軍だけでなく、議会に参加している議員たちにも目撃されたということだ。

しかし、自分がやったとは一言も話していないのに、この確信している彼の態度はどういうことだ。

向けられたアイスブルーの瞳は、揶揄を多分に含んでいる。仰る通りです、と頷くには少し癪に障る。

スタシア高等学院時代の過去を知られているというのは、なんともバツが悪いものだ。

「答えないのは肯定と一緒だろ。そうか、やはりお前か」

「随分と楽しそうですね」

「人の忠告を聞かないからだ。自業自得だろう」

忠告というのは祝勝会の時のことだろうか。エミリオは確かバイレッタが毒婦だという噂を出しただけで殴られるとは告げなかったと記憶しているが、悦に入っている姿が非常に腹立たしい。なるほど彼は祝勝会の一件を根に持っている。せっかく悪妻の噂を伝えたのに、追い払われたのだから彼の自尊心は相当に傷つけられたのだろう。

相変わらず、陰険で性格の悪いことだ。

「お前の夫を怒らせるような態度は褒めてやるが、あまり女伯爵には逆らうな」

別にアナルドを叩いたことをエミリオに褒められたいわけではないが、それにしてもカーラを怒らせるなという忠告はどういうことだ。

「彼女は相当にお前を恨んでいるぞ」

「私には恨まれる心当たりがありませんよ」

「狐に執心な女の心など私にだってわからんが、目障りだと思うほどには嫌われている」

そういうのは逆恨みというのではないのか。

ふと心に浮かんだ疑念をエミリオに向けてみた。

「それは、殺したいほど憎まれているということですか」

エミリオは視線を逸らして苦々しげな顔をした。沈黙は肯定だと言ったのは彼だ。

つまり、バイレッタをクーデターの爆発騒ぎに乗じて殺そうとしたのはカーラだということになる。

「なぜ、アナルド様の仕業などと嘘をついたのですか」

「お前が文官を馬鹿にするからだろう⁉」

「は？」

会話に繋がりを見つけられない。

どうしてカーラに殺されそうになったことをアナルドの仕業として思い込ませよう

としたことが、文官を馬鹿にしたことになるのか。

「お前が昔から軍人や商人とばかり懇意にしていて、挙げ句には伯爵家の中佐に嫁いで……私の家の誘いなんか見向きもしなかったじゃないか」

「誘い？」

「侯爵家に働きに来ないかという誘いだ。応じていれば、今頃私の愛人になれたのだぞ」

エミリオの家から働きに来ないかと誘われた話など聞いたことはない。だが軍人派の父が貴族派の侯爵家から打診されたところで断ることは目に見えている。彼が言うように愛人にするための口実だとわかり切っているなら尚更に。

それをありがたく思えというエミリオの態度に、高位貴族の傲慢さが窺える。こういうところは確かに馬鹿にしていたかもしれない。

「十六歳の娘に愛人になれだなんて正気ですか」

本気で侯爵家嫡男の愛人の立場が素晴らしいと考えているのだろうな、と思いつつバイレッタはため息をついた。きっと彼と議論したところで、この溝は埋まらない。

だから愛人の話はどうでもいい。むしろ、エミリオの努力の話だ。

「貴方は昔から立法府の議会に入って議員になるのだと話していたではないですか。

努力して夢を叶えた人を馬鹿になんてしたりしません。そもそも文官だとか軍人だとか職業で差別なんてしませんよ」

「お前はどうして……っ。そんな些細なことを覚えているくせに——こうも腹の立つことばかりを言うんだ」

「なぜ褒めているのに怒るんですか」

「相変わらず賢しらに生意気な口ばかり叩くからだろうが……っ、女はただ男に甘えていればいいだろうに」

そんな女がお望みならば、バイレッタに構わなければいいのだ。

瞬時にそんな反論が浮かんだが、それを口にすることは叶わなかった。

おもむろに近づいてきたエミリオが、そのままバイレッタの顎を掴んで上向かせたからだ。柔らかな素材で作られている伯爵家のソファに押し付けられても背中を傷めたりはしないが、掴まれた部分はひどく痛む。

息がかかるほど近くで、彼のアイスブルーの瞳が細められた。

「何をなさるのですか」

「この状況で怯えもしないのは、慣れているからか。好き者だからか。お前を喜ばせることは本意ではないが、乗ってやろうじゃないか」

「な、に——んんっ」

愉悦に歪んだ唇が押し当てられて、バイレッタは思わず目を見開いた。

彼には嫌われているはずだ。むしろ憎まれていると思っていた。

嫌がらせにしてもこんな行為になるなど考えもしなかった。

油断していたのは確かだ。

仮にも軍人の妻だ。彼が馬鹿にしている軍人の、しかも人妻に手を出すことを狡猾なこの男がするはずはないと高を括っていた。

それが実際に口づけを受けている。

その事実に、突き抜けるような激しい嫌悪が身の内を貫いた。

全身がさざめくように鳥肌を立てる。

嫌だ。

だって彼とはこんなにも違う。

瞬時に思考は巡り、囁くように名前を呼ぶ声が聞こえる。

『バイレッタ、欲しいのはコレでしょう？』

好き勝手に奔放にしているようで、行為の一つ一つが優しいことを知っている。

いつも窺うように尋ねてくるのは、気遣われているからだ。

それでも途中からは夢中になって自分の体に溺れている男を、同じく朦朧とした意識の中で嬉しく思うことに気づいている。

これまでの人生で嫌悪していた女の部分で、夫に求められることを喜ぶ自分は確かに存在するのだ。

そして、今。

相手が誰でもいいわけではないことを知ってしまった。

「はっ、これに懲りたら、少しは大人しくすることだ——!?　な、なぜ泣くんだっ」

狼狽えるエミリオが慌てたように手を放した。自由になってもソファに縫い留められたように動けない。バイレッタはただただ大粒の涙を零し続けるだけだ。

「こんなことで泣くなら……初めから縋ってくればよいものを」

エミリオは苦虫を噛み潰したような顔をして、再度バイレッタの顎を取り上向かせた。

「お前はこのまま俺の愛人になれ。可愛がってやる」

冗談じゃない、と頭では完全に怒っているのに、再度近づいてくる唇を思わず凝視していた。

不意打ちでなければ避けられる。顎を摑まれていた手を払いのければいいだけ——

涙を零しながらエミリオを睨み付けた途端、視界に飛び込んできた光景に思わずバイレッタは息を飲んだのだった。

一日目の議会が終了した途端、反省会と称した夕食会にモヴリスの補佐官たる副官が声をかけてきた。

上官との食事だけあって豪華な内容が並ぶテーブルを囲んでいるが、そんなものに目もくれず副官は盛大にぼやいた。

「クーデターの立てこもり現場に手形つけた真っ赤な頰を晒してやってきて、あっさりと立てこもりを解決させたのはいいとして。次の日には軍でも議会でも注目の的がお前の頰とか、なんなの。お前は軍人だろうが、なんで准将まで注視してくんの？」

ズキズキと痛んでいた頰はすでに元通りに戻っているはずだ。そもそも妻にとっては意外にも優しい力だったのだから、それほど腫れもひどくはなかった。本気だったら手形で済んでいたか……想像してしばし背筋の冷える思いをする。

「お前……頼むから、こんな時に余計な厄介事を増やさないでくれよ」

曲がりなりにも剣を握る力がある。平手だからましだったのかもしれない。妻の優しさに触れた気がして、ふっと笑えば、横で副官が真っ青な顔をしていた。

「なんで叩かれた頬を押さえて笑えるんだよ……」

帝国議会は四半期ごとに開催され、一ヶ月かけて討論が行われる。法律の見直しや、新制度の取り決めなどから帝政への訴状などをまとめる。貴族ばかりで構成されている議会議員しか参加できないので、基本的には軍人は少将以上の権限がなければ議会に参加できない。言い換えれば、将官以上の権限があれば参加できるし、彼らが認めた者も可能である。

今回はモヴリスの副官たる中将、軍の参謀役である准将と、アナルドが付き添いで参加した。モヴリスは昨日の立てこもりの際に重体となり現在は意識不明で、どこかに匿われている――ということになっている。そのため議会は欠席した。

議会は貴族派中心なので、彼らがこぞって勢いを増したのも当然だ。ここでいかに軍人派を遣り込められるかが鍵を握る。

「どうせ君のことだから、可愛い奥さんのことでも考えてたんでしょ。あーやだやだ、既婚者は独身者への配慮がないよね。暗い家に帰るだけの僕に少しくらい付き合っても罰は当たらないだろうに」

モヴリスが言った。

「アンタの家は昨日の立てこもりで半壊しちまったから、こんなところで夕食食べてんでしょうが。付き合ってやってる部下を少しは労っても罰は当たりませんよ」

副官が返す。

モヴリスの家で昨日起きた立てこもりは十時間相手と見合った結果、爆弾を放り込んで小隊を突入させて終結した。人質は無事に救出し、犯人を取り押さえられたことは確かだが、上司はしばらく家に帰れなくなった。その上、重体の意識不明であり生死の境をさまよっているという誤情報を拡散するため昨日から執務室で雲隠れ中だ。対外的には拡散したいけれど、それを必死に軍上層部が隠しているように見せかけるというややこしい作戦のため、モヴリスはわりと退屈しているらしい。

だからといって忙しい部下と夕食を一緒にしたいと可愛くもない我儘を聞く羽目になった。副官でなくともうんざりする状況だ。

「それに閣下はなんでも束縛されることを嫌うでしょうが。配慮なんて無駄だとでも言いたいんじゃないですか」

「そんなことはないさ。ほら、だから可愛い部下にだってきちんとお嫁さんを紹介してあげたじゃない」

「まあ確かに中佐は幸せそうだが。自分が結婚しないのがその証拠では？」

モヴリスが苦笑しつつ口を尖らせれば、副官がやんわりと返す。文句を言うわりにはゆったりとグラスを傾け、酒まで楽しむ始末だ。

そもそも議会への書類提出はフェイクのようなものだ。軍部は今回のクーデターの本来の思惑に気づいていませんと議会にアピールしただけである。報奨金の支払いが滞ったことに憤った帰還兵がクーデターを起こして甚大な被害を受けているとだけ報告し、議会に属する貴族派の横やりが入ったことは一切伏せた。その上指揮をとるべき大将の不在を必死で隠しているように装った。議会議員たちがモヴリスを出せと何度も要求してきたが、しどろもどろの言い訳を並べ立ててなんとか拒否するという弱気な態度を示した。

結果的には、議会は貴族派たちがひたすらに軍を糾弾して終了する形となったわけだ。

けれど実際には、本作戦の実践部隊はすでに配備済みで、今もあちこちで作戦を実行している。洗い出したいくつかのクーデターに参加している者たちの拠点を潰しているのだから。

他の面々も早々に動いているので、のんびりと夕食会を開いているモヴリスが異常なのだが、この場には顔色を変える者はいないし止める者もいなかった。

「そろそろ私も呼び出しの時間がきているのですが」

「ああ、そうだったね」

仕方なくアナルドが切り出すと、モヴリスが鷹揚に頷いた。だが、憂鬱な夕食会はとある男の乱入により、一気に空気が緊迫したものに変わった。

「失礼します、ニルバに動きがありました」

「あれ、意外に早かったね」

ニルバとは旧帝国語で勤勉なネズミという意味だ。

旧帝国の言葉は議会ではよく用いられるが、軍ではほとんど使われない。純粋に旧帝国貴族出身のステータスだからだ。今では帝国は大陸共用語を使用しているので、軍人には関係のない言葉となる。

時々、議会や帝国貴族派への嫌がらせとして作戦名に使われることがあるくらいだ。

今回はクーデターに参加している帝国貴族派の軍人たちの総称としても使われている。裏切者やスパイと同義だ。

言葉自体はそれほど問題はない。

だがやってきた男が問題だ。

アナルドは自然と目が細くなるのがわかった。

「サイトール中尉、護衛任務は終わったのか。ニルバの報告とはどういうことだ？」

思わず出た低い声に、サイトールが敬礼しながら、僅かに震えた。

「部下をいじめちゃダメだよ」

「彼は妻の護衛をしていたはずです。閣下にも護衛の了承を得たのだからご存じのはずだ。それが今、ネズミの報告をしているのですから、俺には問い詰める権利がありますよね」

バイレッタが襲われた際に、二度と同じことが起きないようにアナルドはモヴリスに妻に護衛をつけてくれるように頼んだのだ。

「といってもすでにここにいるわけだしね。報告を聞くほうが先だろうに」

モヴリスがのんびりと声をかけてくるが、サイトールが早口で状況を説明する。

「は、報告いたします。ニルバによって隊長の奥様は連れ去られました。スワンガン伯爵家の馭者は簀巻きにされて空の馬車と一緒に伯爵家に戻ってきました」

その瞬間、アナルドの手の中にあったグラスが、音を立てた。

けれどアナルドはがしゃんとグラスが砕ける音を、やけに遠くから聞いた気がした。

「ありゃあ、一応アンティークだよ……何代前かの皇帝が愛用したとかなんとか……

「皇帝陛下が下賜してくれたんだけどね」

「閣下が骨董好きとは知らなかったなあ」

「な、わけないだろう。部下の失態を煽っただけさ。それより、まあ珍しい。君がそんな顔をするのは初めて見たな」

目の前でのんびりと喜劇を繰り広げている男たちを切り捨てていいだろうか。

だが渦巻く感情を抑えるには不十分だと知る。

「謀りましたね？」

モヴリスに、バイレッタに護衛をつける旨をお願いした。許可を貰ってすぐに、アナルドは自分の配下の者をつけた。相手は直属の部下で信頼もしているサイトールだ。もちろんバイレッタにはスワンガン伯爵邸から出るなと言い聞かせはしたが、あの妻が自分の命令に素直に従うとは思えなかった。だからこそ必要だと考えた。

それがいつの間にか護衛任務を放棄して、ネズミの報告をしているのだ。しかも妻がドブネズミと消えているなどと報告してくるのだから、どこかの誰かの意図が働いたに違いない。

大方、ネズミを妻の護衛につけてサイトールがそれを監視していたのだろう。そしてそれを指示したのが目の前で笑っている男だ。

「ええ？　僕を疑うって本気かな。だって君の奥さんが攫われるなんて予測できると思うかい」

「護衛をつけるようお願いしたのはこういう万が一の事態を想定したからですよ。閣下が考えないわけがないでしょう」

「ふふ。君の奥さんは何かを引き起こす天才だからね。ところで君はここでのんびり僕を糾弾している時間があると思うの？」

にこりと笑う姿はまさしく悪魔だ。

誰だ、こんな人外を相手に人並みの夢を見たやつは。

できれば後始末をしっかりつけてからあの世へ行ってほしい。

そもそも、他人を巻き込むな、と言いたい。モヴリスに大人しくしてほしければ、彼に狙いを定めればいいはずなのだ。刺し違えてでも一対一で片をつけてほしいものである。

だが、敵は随分と時間をかけて仕掛けてきた。決着がつくのにもまだ時間は必要だ。そんな呑気に自分は待てるだろうか。理性が問いかけてきて、否と即答する。

行動は迅速に、最低限の動きで最大限の攻撃を。

帝国軍人に刻まれた合言葉だ。

「場所はどこだ？」

サイトールに視線を向けると、さすがの部下はすぐさま応じる。

「ライデウォール伯爵家の別邸、セイデバーグ館です。イアン通りとダンタイア通りの南東にある屋敷で、ハンダー地区の第7区画にあります」

どこかで聞いた場所だなとアナルドはふと、引っ掛かりを覚えたが無言で頷いて、部下の横を通り過ぎた。

「中佐殿、私もご一緒してよろしいですかっ」

サイトールが敬礼したまま叫ぶが、アナルドは舌打ちを堪えるだけで精一杯だ。

「一緒に行っておいで。ついでに第三中隊を動かしていいよ、ピッケル中尉だ。制圧してくるといい」

簡単に制圧を命じられるが、今のアナルドならば可能な気がした。

怒りでどうにかなりそうで。

爆発に巻き込まれて軽傷とはいえ、バイレッタが怪我をしていることに変わりはない。体調が万全ではないのに、妻が連れ去られた。

殺そうとした相手を攫うとは一貫性がない。敵も一枚岩ではないのかもしれないし、彼女の命などどうでもいいと考えているのかもしれない。

彼女が死んでアナルドの牽制になればよし、生きていれば人質にとるもよしといったところだろうか。

そんな相手に妻の身が委ねられているとは。

適切な護衛がついていれば防げたかもしれないというのに、まさかの部下に裏切られ、上司命令で権限を取り上げられていたとは思いもしなかった。

バイレッタの置かれている状況を想像するだけで、怒りで気持ちが悪くなるような想いは初めてだ。

誰かの無事を、何かに願うのも。

だが縋りたい気持ちになった。

眩暈と耳鳴りがひどくうるさい。

アナルドは歯を食いしばって、廊下を風のように突き進んだ。

バイレッタはエミリオの体が宙に浮いて、壁へと放り投げられるのを茫然と見つめていた。

視線の先には灰色の髪をした美貌の男がしげしげとバイレッタを見下ろしていた。

「アナルド様……どうして」

驚くと同時に、彼が目の前にいることが不安になってくる。

いや来ることは知っていた。カーラに呼び出されていたからだ。驚いたのは助けに来たはずのヴァージアではなく、バイレッタの目の前にいることだ。

自分の心境など全く構わず、灰色の髪を揺らしてアナルドは大股で近づいてギュッとバイレッタを抱きしめた。すらりとした肢体だが、腕の力は存外強い。軍服の布地は滑らかで優しい肌触りなのだなと実感する。

嗅ぎ慣れた彼の匂いに、現実だと知った。

思わず体を強ばらせると、彼は呑気にもゆっくりと背中を撫でた。

その仕草は不安をほぐすかのような労わりに満ちていたが、バイレッタは怒りのあまり気がつかない。

「なぜ、こちらに来たのです。グルズベル元大将閣下は別室で……」

「泣かされたのですか？」

「泣いてません！」

エメラルドグリーンの瞳を細めて、顔を覗き込んでくるアナルドに、バイレッタはろう。

思わず答えた。確かに先ほどまで涙を流していたから、頬が濡れたあとがわかるのだ

だが、今は泣いていない。

けれど、そんな誤魔化しをすることが無意味だと知っている。だがなぜか認めるの

が悔しい。意地っ張りがしっかりと仕事をした結果だ。

彼はそっとバイレッタの目じりに溜まった涙を長い指で軽く拭うとふうんと息を吐

いた。

見せつけるようにバイレッタの目の前で指を舐める。

「塩辛いですが」

「舐めないでくださいっ」

「ふっ、強情ですね」

彼は言うなり、優しい口づけを降らせてきた。

「っ……ふあっ……待って、待ってください！」

アナルドの腕の中でもがくと、すぐに触れそうな近くで、彼のエメラルドグリーン

の瞳が優しく瞬いた。

「なんでしょう？」

「こんなことしてる場合じゃないでしょう！　どうしてここに――」

「アナルド・スワンガン！　貴様、この私へ暴力を振るって許されると思うなよ」

壁に叩き付けられる形となったエミリオの顔色は悪い。苦痛を堪えるように顔を顰めて吐き捨てつつ、ゆっくりと立ち上がった。

「おや、俺のほうが年上ですが。家格が上だと呼び捨てにされることもあるのですね。けれど、まだ爵位も継いでいない嫡男ごときに呼ばれるとは思いませんでした」

「そいつから手を離せ。近づくな……」

「俺の妻ですが。そういえば、バイレッタ。家に帰ったらお仕置きですよ。俺は家から一歩も出るなと言いましたよね」

「嫌だと言いました！」

その話は今、蒸し返すことだろうか。

怒気を込めて叫ぶと、くっと表情を歪めたアナルドが顔を近づけてきた。

そのまま深く口づけされる。

「ちょ、ふうっ、ま、待って……んんっ」

エミリオが襲ってくるかもしれないのに、背中を向けるとはどういうことだ。しかも見せつけるように人前で口づけられている。

「俺の妻はとても可愛いので、仕方ありません」

「意味がわかりません！」

近づいてくる顔を押しのけると、絶句しているエミリオが目の端に映る。とても攻撃をしかけてくる雰囲気ではない。敵である男に背を向け、こんなキスシーンを見せつければ襲ってくる気力も湧かないのかもしれない。

羞恥で真っ赤になれば、アナルドがさらに笑みを深めた。

「ほら、可愛いでしょう？」

「いい加減にしてください！」

言葉が通じないのか。

外国人と話しているような気分になってバイレッタは眩暈がした。

だが、アナルドは楽しそうに笑うだけだ。この状況で笑える精神が全くわからない。

「貴女が誰の妻なのか、教えておこうと思いまして」

そう言いつつ、再度口づけられた。


母は子供心に美しい人だった。

その母に自分はそっくりなのだと、父も叔父も言う。二人は母を溺愛している。父は母の美しくたおやかな姿とおっとりとしているけれど芯の強い性格に惚れ込んでいるし、叔父は母に育てられた恩があり、実母以上に姉を慕っているのだから。

母に似ているから、お前は可愛いのだと告げられる。

自分は母に似ているから、可愛がられるのだと早々に理解した。

二人の根底にあるのは母だ。

自分はその次。だからこそ、母が行わないような行動をとってみた。

剣をとり、商売を学ぶ。

けれど、二人はどこまでも自分の中に母を見る。バイレッタを否定することはないけれど、ふとした行動の一つ一つが母に似ていると相好を崩す。

昔からバイレッタの世界はとても窮屈で。

いつしか誰も自分を知らないところで生活してみたいと夢見るようになった。

恋に憧れる気持ちもある。けれど胸をときめかせるロマンスよりも、自由を。手に仕事をつけて、自立を。

渇望し続けて生きてきた。

父は帝国軍人らしい考えの持ち主だ。女子供は守られるべきもの、女は結婚して幸せになるべきものとの考えだったので昔からよく喧嘩になったものだ。愛情も感じているが、それは自分の幸せではないとずっと言い続けていても我儘の一言で片づけてしまう頑固なところは張り倒してやりたくなる。

　だが、まさか反抗しつつ嫁がされた婚家が、思いのほか居心地のいいものだとは知らなかった。

　義父は酒が抜ければ、使えるものなら使うというわかりやすいスタンスの人間だった。ありのままのバイレッタを伯爵家の利益のために使うと、嫁いできたのだから当然働けと告げるような人物だ。

　傲岸と命じられたことには腹立たしくもある。だが、スワンガン領地の経営は、商売とはまた違った視点で面白かった。

　利益を度外視して造るものは、けれど人のためだ。公共事業というものは、莫大な予算をかけて最終的にはその土地を豊かにするためのものだと知る。

　目先の利益ばかりを追っていたわけではないが、商売とはそもそも考え方が違う。弱者を救うための知恵が必要だ。だが、それでは他方が納得しない。利益を求める者たちからしてみれば、無駄な行いに映る。そんな金をかけるくらいならば、利益を得るように活かすべきだと主張される。

根本が違うのだと訴えても聞き入れられない。円満な解決策などどこにもないが、一部でも宥めるような策を提示しなければならないのは頭を悩ませつつ、愉快だった。頭を切り替えるのが楽しかったのは否めない。

欲が出たのかもしれない。

スワンガン領地の伯爵家主体の事業はあちこちで問題を含んでいたが、手探りでなんとか解決に導ける。やりがいはある。女であること、バイレッタの容姿もあまり注目されず、仕事に没頭できる環境は素晴らしかった。

もしかしたら夫はこのまま戻ってこないのかもしれない。

手紙も来ない、顧みられない妻だ。

だからこそ、バイレッタは考えた。

もしかしたら、このままスワンガン伯爵家の嫁のままで自由に生きられるのかもしれない——と。安心した途端に戻ってきた夫に襲われたが。

初夜だと言って勝手に体を繋げてしまう。混乱して少しも抵抗できなかったことが悔やまれる。そんな夜だった。

口数は少ないし、何を考えているのかもわからないし、自分をすぐに怒らせるけれど。

気遣われているのがわかった。不器用な配慮を感じることもある。

時折、熱の籠もった瞳で自分を眺めている彼を知っている。

無料の娼婦呼ばわりで、男を引き寄せるのはバイレッタのせいだと告げられて。

そのたびに、やはり夫からは好かれていないのかと落ち込んで。

あのエメラルドグリーンの瞳に映る自分の姿を気にして一喜一憂している感情が馬鹿みたいで。

賭けの勝敗で離婚してもいいだなんて馬鹿げたことを言い出したことも、噂通りの軽い女だと思われるのも嫌で、幼い頃からの夢も捨てきれず。離婚はしたいけれど、したくない。揺れ動く複雑な心境の、その隅っこ。きっと心の片隅には彼がいる。

すっかり住み着いてしまったのだと気がついた。

だから、自分が彼の足枷になるなど絶対に嫌だ。

自由を求める自分が、相手を縛る鎖だなんて、悪夢のようだ。

「やめてくださいって言ってるでしょう⁉」

アナルドの唇を両手で塞ぎながら告げると、彼は面白そうにふっと目を細めた。

「こんなことしてる場合ではありません、どうして来たんです？」

「ですから、妻を助けるのは夫の務めでしょう？」

「これが罠だって知っていらっしゃいますよね。さっさとグルズベル閣下を救出してあげてください。グズグズしてクーデターの最高幹部になりたいのですかっ」

「そんなつもりはありません」

「貴方になくてもあちらにはありますよ、そんなに自信満々でいられる理由がわかりません」

「どうして愛しい妻を危険に晒したままよそに行けると思われているのか不思議ですが。しかも普段涙なんて見せない貴女が泣くほどだ。放っておけるわけがないでしょう」

もう泣いていないし。泣いているように見えるのは汗だと言いたい。

それに、ここにバイレッタがいるのはアナルドの部下のせいだ。

「貴方の部下がここに私を連れてきたのです」

「可愛い妻を連れ去る計画を俺が指示して部下が実行したと思われるとは心外ですね。これはドレスラン大将閣下の意向ですよ。ネズミを泳がせたかったようですね。貴女につけたはずの本来の護衛である部下は、妻がネズミに連れ去られるのを助けもせずに見届けて、のこのこと報告にやってきましたよ」

余計な修飾語が聞こえた気がしたが、モヴリスの名前に納得する。

バイレッタを囮にして、クーデター騒動を一気に片づけるつもりだったのか。そこまではいかなくても足掛かりくらいには考えていそうだ。

慰謝料の請求先が決まった瞬間でもある。

「それがどうしてこの男の手に繋がっているのはわかりませんが。やり方は別にしてもこうして妻の命を守ろうとしてくれたことには感謝します」

アナルドの一言に、思わずエミリオに視線を戻す。

先ほども彼はバイレッタを助けると話していた。つまり、比喩でもなんでもなく事実だということか。つまり、ここにバイレッタを連れてきたのはやはりエミリオの指示なのだ。

「彼は単純に敵ということではないということですか」

「俺にとっては敵ですよ。貴女を奪っていくのですから」

しれっと答えて唇を寄せてくる男を軽く睨み付けると、アナルドは抱き寄せる手を離して仕方なしに説明を始めた。

「クーデターの計画は、俺を最高幹部に仕立てることでしょう。そのためにグルズベル閣下まで誘拐してあちこち指示を出していましたから。俺はその通りに動きましたよ。ですから、彼以上に人質を得ることに意味はない。貴女を殺したり、誘拐したりすることは必要がないんです。あるとするなら、クーデターとは全く関係ない話ですよね」

アナルドは短く息を吐くと、やれやれと言いたげにバイレッタを見つめた。

「俺の妻は人気者ですからね」

カーラに命を狙われているというのなら、その原因は確実にアナルドのせいだ。

自分の人気は全く関係ない。そもそもそんな人気など存在しないが。

だが、そんなバイレッタをわざわざカーラから助けようとしてくれたのはエミリオということだろう。夫の仕業だと嘘はついたが、命が狙われていると忠告をしてくれたし、今はカーラのもとから出ていこうと言っていた。

「ええと、それは、元学院生のよしみで、ですか？」

同じ学院を出た同級生という接点くらいしかないが、なぜ彼がそこまで自分を守ってくれるのかわからない。そんなに同級生に熱い想いを抱いているとは思わなかったが、同じ学び舎という感情はやはり特別なのかもしれない。

「くっくっく……貴女は時々、もの凄く鈍感ですね。そういうところも可愛いですが」

褒められているのか、貶されているのかわからないが、なんとなくからかわれているのはわかった。

じろりとアナルドを睨み付けると、意地の悪そうな笑みを浮かべつつエミリオに視線を動かす。

「どうにも伝わっていないようですが」

「同情は不要だ。知ってもらわなくても結構だからな」

「なんとも気が合うようですね、貴方も意地っ張りだ」

呆れたように告げた声には、どこか憐れむような響きも含まれていた。

バイレッタは一人置いていかれたような居心地の悪さを味わった。

「で、これからどうしますか？」

「ふん、そんな些末なもので俺がどうにかなるものか。それに議長閣下がどう動くか、せいぜい楽しみにしているがいい」

「それはこちらの台詞でもあります。どうせ、貴方の独断でしょうから。議長は優秀な者がお好きで、無能は嫌いでしょう。切り捨てられないといいですね」

さすがに分が悪いと観念したのか、エミリオは唇を噛み締めた。

「あら、アナルド様。こちらから、いらしたの？」

先ほどとは打って変わって、静かに入ってきたのはカーラだった。にこやかに微笑む中に、存分に媚が含まれている。声音もひどく甘ったるい。

だが彼女の背後は随分と物騒だ。カーラの後ろからヴァージアが縛られたままの状態で男に取り押さえられて入ってきた。先ほど身ぎれいにすると言っていたくせに、髪は乱れてひどい状態になっている。隙を見て暴れたからだろうか。

しかもヴァージアを取り押さえていた男は、バイレッタの護衛としてついていた男だ。カーラと一緒に現れているということは彼女の息のかかった人物なのだろう。

「玄関でいろいろとお出迎えの用意をしていたのですけれど」

「申し訳ありません。最愛の妻がこちらにいると聞いて真っ先に駆けつけてしまいました」

彼の愛妻家の演技はいつまで続くのだろうか。スワンガン領地でも見せていたが、目的がよくわからない。先ほどから誰に対するアピールか知らないが、相手を見てからやってほしい。

それともカーラを嫉妬させて、より怒らせる作戦だろうか。

そもそもバイレッタはもうアナルドの妻ではないはずだ。賭けの期間は終わって、バイレッタはすでに勝者であると決まっている。月の障りは来ていないが、予兆はある。だが、この状況で問い質せるほど、図太い神経は持っていない。

「閣下は厳しい環境でお過ごしになられましたか？」

「なあに、西部の海賊相手に戦った時ほどじゃないさ。うちの海軍はどうしても脆弱だ。操舵も悪いし、何より船酔いが多くて使い物にならないのに、半年以上は陸に戻れないときた。あの時は本当に不自由したものだからね」

「そうでしたか。一応、手荒なことはしないようにお願いしておいたのですが」

「捕虜の扱いとしてはそれなりに快適だったよ。儂もいい年だからね。麻袋に詰め込まれて荒い馬車の運転で荷台を転がることはさすがに堪えたが」

一転、和やかに話し出した二人の軍人に、カーラが呆れた視線を向けた。

「別室にお食事を用意しておりますわ。お話はそちらでなさってはいかがです？」

「いえ、お気遣いは無用です。閣下の元気な様子が見られて満足しました。妻は怪我をしておりますので、今日はこのまま連れ帰ろうと思います」

「そう。では、これまでの報告をお願いします」

「議会にも報告してありますので、ご承知かとは思いますが。クーデターで主要な場所は押さえてあります。最終的にモヴリスの直接の暗殺は失敗しましたが、彼は昨日の立てこもりの爆発の際に負傷し、重体で生死の境をさまよっています。このまま息を引き取るのは時間の問題でしょう」

アナルドの淡々とした説明に、バイレッタは首を傾げた。

確かに昨日、バイレッタの見舞いに来ていたアナルドはモヴリスの屋敷で立てこもりが起きたため呼び出されたと部屋を飛び出していった。今日の議会で出席しなかったことは知らないが、バイレッタがこちらに誘拐されるようにアナルドが派遣した護衛を退かせて監視に回らせたことは今までの経緯でわかった。

それなのに、モヴリスが重体で生死の境をさまよっている？

カーラは満足げに頷いた。

「議会に参加したのも副官だったと聞いていますが、なにせあの悪魔の収容された先がわからなくて。生死不明でしたのね。時間の問題だとわかって議長もさぞお喜びになることでしょう」

「議長閣下には私から報告しておきます」

エミリオが苦痛に顔を歪めつつも答えた。先ほどアナルドに投げられて壁にぶつけた際の打ち所が悪かったようだ。

「そうね。これで軍人派の主要な上層部が減ったわ。アナルド様のおかげで軍人派の最大派閥のドレスラン大将を追い込めたのだから。貴族派の息のかかった軍人たちが上層部を占めることになるわね。これで私の可愛い坊やが困ることもないわ」

カーラはライデウォール女伯爵だが、本来は彼女の息子が伯爵家当主なのだ。幼いため仮初めとしてカーラが担っている。だがその息子も来年には十五歳の成人を迎え、立法府の議員になることが決まっていると聞いた。近いうちに、彼が爵位も継ぐのだろう。

対立する軍人派が弱まれば、彼女の息子はやりやすくなる。母親が貴族派へ恩を売っておけば尚更だろう。だが母親の思いとはなんとも強いものだ。そのためにこれだけ貴族派に加担するとは。

バイレッタが思わず感心していると勝気に微笑んだカーラが爛々と光る瞳をひたりとバイレッタに向けていた。

「では、最後に。アナルド様、その女を殺してくださらない？」

「……どういうことですか？」

「だって納得できないのです」

アナルドに向かって媚びる彼女の声は変わらない。それなのに、バイレッタは全く別人であるかのように感じてしまう。どこまでも寒々しく重くバイレッタにのしかかる。

「私だって毒婦と呼ばれて社交界では散々噂されておりましたわ。亡き夫は年上で冷酷と言われている伯爵家。しかも稼業に武器を取り扱う商人風情と陰口を叩かれて。貴族派でもあまり地位を得られませんでしたのよ。誰一人として私を守ってくれる方はいませんでした。それは夫も同じで愛された記憶なんて僅かもありませんわ。嫡男を生んだらそれで私の役目はお終いだなんて、馬鹿にしていると思いません？」

カーラは悩ましげに息を吐いて、憂いを込めた瞳をアナルドに向ける。

「自分だけの力で苦労して苦労してここまでやってきたのです。何人もの男たちの間を渡り歩いて、売れるものなら媚でもなんでも売りましたわ。今では貴族派でもそれなりの地位にいるのですけど。ねえ、それでどうして私の前で見せつけるのかしら？」

「は？」

アナルドは心底理解できないと言いたげに眉を顰めた。

だがバイレッタは夫が理解できないということに少し喜びを見出してしまった。つまり彼は自分の妻が毒婦だとは少しも考えていないということだろう、カーラとは似ても似つかない、と。

エミリオはわかっている。なぜカーラがこれほどまでにバイレッタに激しい憎悪を向けているのか。

社交界では同じ毒婦と呼ばれた者同士。

そして格上の年の離れた相手に嫁がされて。片方は夫に愛されず。片方は一応愛されているように見える態度で、こうして迎えにまでやってくる。

苦労を積み重ねて、悪名を重ねて。同じ境遇のはずなのに、天と地ほど立場が違う。

だからといって、はいそうですかと殺されるつもりはない。

「ねえ、アナルド様。貴方の大切なおじいちゃんはこうして返して差し上げますから、私の目の前でその奥様を殺してくださいな」

「お断りします」

「ではおじいちゃんはこちらで始末させていただきましょうか」

「閣下を無傷で返していただくことが、私がクーデターに協力する最初の約束だったでしょう。それなのに、どうして妻を巻き込むのですか」

「納得できないからだと申し上げましたわ」

微笑むカーラはどこまでも優雅で艶やかで。だがバイレッタへの迸る憎しみは仄暗く威圧的だ。圧倒されて、バイレッタは思わず息を飲む。

「自分の叔父や義父とも関係するような奥様ですもの。その上、癇癪を起こしてアナルド様の頬を叩かれたのでしょう？　そこまでこけにされても愛されるだなんてとても羨ましいわ」

忌々しげに顔を歪めて汚らわしいもののように見下される。羨んでいるとはとても思えない。それなのに、彼女は微笑むのだ。それがカーラの矜持なのだろう。

「貴女を納得させる意義を感じられませんが」

冷徹夫よ、空気を読め。

どう考えても、今のカーラには同情が必要だろうに。

せめてふりだけでもいいから、共感してあげてください。

バイレッタはちらりと壁際に立つエミリオを見つめた。だが、彼はバイレッタの視線に青くなるばかりだ。役立たずということだけはわかった。

「それに以前も言いましたが、俺の妻は素晴らしく美しく信じられないくらい可愛いんですよ。愛さないはずがないでしょう？」

「ちょっ――どうしてこの状況で、そんな口から出まかせを……」

「何が出まかせですか。それに妖艶な妻を知っているのは俺だけですから。そこはお間違いなく」

念を押す箇所が全く理解できない。しかも若干誇らしげなのはどういうことだ。

彼は何をしに来たのか。助けに来たのではないのか。

遠回しにバイレッタに死んでほしいのだろうか。

「イチャイチャと……本当に羨ましいわ。でもアナルド様は私との逢瀬も楽しんでくださいましたでしょう。そんなつまらない女とは楽しめないようなこともたくさんしましたしね」

アナルドがカーラと一夜をともにしたという話は彼女自身から聞いている。忘れられない初めての相手だとも。想像して、バイレッタの中で形容しがたい不快感が湧き上がった。それが嫉妬なのだと今なら素直に納得できる。

昔から軍でも囁かれていた噂であるし、バイレッタがスワンガン領地にいる間も密会していたと聞いている。そんなに親しくしている女性に対してアナルドの態度はひどい。それなのにバイレッタは、どこかで喜んでいる。醜いなと思いつつ、それでもこれが恋情なのか、とも思う。

他の人が自分に触れるのは我慢ならない。そして自分以外の女が彼に近づくのも許せない。

「襲われた記憶ならありますよ。ですがすでにどうでもいい記憶です。妻があまりに妖艶なので、他は忘れてしまいました」

「もうっ、しばらくは黙っていてください！」

この男は碌なことを話さない。バイレッタは思わず強めの口調で懇願していた。

アナルドは不思議そうに自分を見つめてくるだけだ。全く理解している様子がない。

「夫婦の閨事を他人に話したので怒っているのですか。二人だけの秘密事ですからね」

「これっぽっちも違います、見当違いも甚だしいです。とにかく黙る！」

嬉しそうに夫から微笑みかけられて、バイレッタはぴしゃりと否定した。それすらアナルドにとっては楽しいらしくご機嫌だ。彼はひたすらにカーラを怒らせると決めたのかもしれない。

なんだか頭が痛くなってきた。どこかに救いはないものか。

「この……いい加減にしてっ」

カーラは大きく手を振り上げて、バイレッタの頰を叩いてきた。

それを読んでいたアナルドが、力強くバイレッタの体を引き寄せた。もたれかける形で、夫の胸に頭をぶつける。カーラの手が空を切る音だけが空しく響いた。

「契約違反ですよ。これ以上妻に危害を加えないでください」

「そんなに奥様が大切ですか。でしたら、もう一緒にどうにかなってしまえばいいのよ」

カーラは無表情でぽつりとつぶやくと、入り口近くのキャビネットに近づいて二本の瓶を取り出した。正確には一つは金属の筒で、もう一つは液体が入った瓶だ。

「待ってください、カーラ様、それはまずいです」

エミリオが慌てたように声をかけるが、カーラは全く取り合わない。

「巻き込まれたくないなら、離れていなさい。私の目的は彼女だけなのだから」

「あれが何かわかりますか、アナルド様」

ふふんと勝ち誇っているような笑みを浮かべたカーラから視線を外さずに、バイレッタがそっと傍らに立つアナルドに問いかけると、彼は小さく口を動かした。

「今回のクーデター騒ぎで活躍している、新型の爆弾です」

「あれがですか？」

「特殊なものです。これまでの火薬とは明らかに異なり威力は凄まじい。南部戦線の途中から導入されたもので、今回の戦争を勝利に導いたものです。ライデウォール伯爵家の武器屋から購入したとは聞いていましたが、常備しているとは。材料の片方はかなりの毒物ですよ……」

ここはライデウォール家の別邸だと言っていたから、きっと吹き飛ばしても問題はないのだろう。それにしてもアナルドを呼びつけておいて、爆薬の準備までしているとは支離滅裂だ。愛情も過ぎれば憎しみに変わるらしい。

その憎しみは主にバイレッタに向けられたものだろうが。

「ちなみに、アナルド様の部下の方が突入してくるといった計画はありますか？　部屋の外の廊下で控えているとか」

「貴女が泣いていたのを見て、偵察だったことを忘れて単身で突入してしまいましたから、彼らがどう動いているのか把握できていません」

それでいいのか。本当に冷酷で冷徹な灰色狐はどこへ行ったのか。

切実に、今すぐ、ここに現れてほしいものだ。

バイレッタは短く息を吐いて、頭を切り替える。

誰にもどうにもできないのなら、どうにかするしかない。絶望を抱えたところで、死あるのみだ。

「これの威力はアナルド様なら十分おわかりでしょうけれど、奥様にももっとしっかり体験していただきたかったですわ」

ニタニタと不気味に笑うカーラの言に呆れる。

つまり、スワンガン伯爵家の玄関を爆破したものと同じ爆弾ということだろう。バイレッタを殺そうとしたことを隠すつもりもないらしい。そもそも自分の目の前で夫に殺させようとしているあたり殺意は明確だが。

「アナルド様は女伯爵様をお願いしますね」

バイレッタの言葉にアナルドは何かを言いかけて、小さく頷いた。

それを承諾と受け取って、バイレッタは両手を広げた。

女は度胸だ。商売人ははったりも大事である。何より、売り口上は商人の鉄則だ。

恐怖に震えるのは後でもできる。今は最善を尽くす時だと言い聞かせながらカーラをまっすぐに見据える。

「女伯爵様ったら嫉妬に狂って夫に私を殺させようとするだなんてとても淑女のなさることではありませんわよ。もちろん、私はアナルド様に愛されていてとても幸せですので簡単には殺されないと知っていますけれど」

バイレッタが幸せたっぷりに微笑んで、上目遣いでパチパチと瞬きを繰り返すと、カーラははくはくと口を開閉させた。

もちろん、バイレッタの心の中は羞恥で打ち震えているが、おくびにも出さない。

「な、何を……」

「こうして迎えにも来ていただけましたし、どこに行くにもついてこられて本当に迷惑しているんです。だって叔父様に会いに行くのにもついてくるんですもの。さすがに二人を相手にするのは難しいじゃないですか。ですから、私はお断りするんですけど、いつもならなんでも素直に聞いてくれるのに、その時だけは全くお願いを聞いてくださらないし、不機嫌になられるんですよ。独占欲の強い殿方って困りものですよね」

「アナルド様は騙されておられるのですわ。やはりこの女は立派な悪女じゃないですか。目を覚ましてください」

「ご心配いただかなくとも目は覚めていますよ」

「ふふ、私の旦那様は普段はとても物わかりがいい狐さんなんです。もちろん嫉妬深いので、怒らせた夜は大変なんですけど。激しくって全然離してくれないんですよ……女伯爵様もわかりますよね？」

「この……っ、小娘！」

確かに自分はカーラよりは年下で、二十四歳ではあるが、小娘と呼ばれるほど幼くもないと思っている。

呆れつつもバイレッタはカーラを挑発しつつ、一歩二歩と彼女に近づく。わなわなと怒りに打ち震えているカーラはすでに顔面蒼白だ。カーラは自分を鬼の形相で睨み付けている。それだけ集中されているということだ。

怒りも頂点を超えると、白くなるのだなとおかしなところで感心しながら、一歩進むと同時に右前方に大きく踏み込む。

バイレッタの後ろにはアナルドがいて、背後からカーラに飛びかかった。バイレッタは、ヴァージアを捕らえていた男の足を思い切りヒールの踵で踏みつける。

男が呻いて手が離れたその隙にヴァージアが回し蹴りを男の鳩尾へと繰り出している。早技だ。軍人ならではの華麗な動きに、感動する。

「ぐふうっ」

吹っ飛んだ男が扉を破って、廊下の壁に叩き付けられ転がった。それを見つめて、バイレッタは感心する。

「お見事ですわね、閣下」

「お嬢さんの素敵な挑発には敵いませんね」

「俺にも労いの言葉があってもよいのではありませんか」

振り返ると、アナルドが二つの瓶を両手に抱えて立っていた。カーラは意識を失っているのか床に倒れたままぴくりとも動かない。

「私、見ていなかったので褒めることは難しいですわ」

「そうですか」

　さほど、残念そうでもなくアナルドは瓶を持ったまま廊下に声をかけた。

「制圧は完了しました、連行してください」

　騒ぎを聞きつけて何人かの軍人がやってきていたのだろう。軍服を着た男たちが数人押しかけてきて、カーラとエミリオの身柄を押さえて連れていった。エミリオはさすがに暴れることはなく、大人しく従っている。

「部下の動きは把握していなかったのではないのですか？」

「把握はしていませんが、部下の動きを予測することはできます」

　それを事前に教えてくれてもよかったのでは？

　こんなに決死の行動なんてとらずに済んだのでは？

　恥ずかしい思いをしながら、毒婦の演技なんて披露せずに終えられたのでは？

　バイレッタが言葉を紡げず黙っていると、アナルドはヴァージアに敬礼をした。

「閣下、助けに来るのが遅くなり申し訳ありません」

「構わんよ。どうせ小僧が悪だくみでも考えとったんだろう。儂のせいで迷惑をかけたようだしね」

　小僧とはまさかモヴリスだろうか。

　ヴァージアの言葉にアナルドは敬礼をといて、首を横に振った。

「不徳のいたすところです」

「はは、自身の力量を見誤ると後悔するよ。何より素敵なお嬢さんだ、大切にしなさいね。久々に疲れたからこのまま家に帰るよ」

「はい、部下が送っていきますので」

アナルドが目配せすると、一人の軍人が敬礼してヴァージアに付き添っていった。

完全に部屋の中から人がいなくなってから、バイレッタはアナルドを見つめた。

「彼らの処分は重くなりますか？」

「議長の裁量次第でしょうか。補佐官は侯爵家の嫡男ですから、彼の家が尽力するでしょう。女伯爵はさすがに無罪放免で釈放というわけにはいきません。明日の議会でも十分に証言していただくつもりです。補佐官が気になりますか？」

「方法は別にして、一応助けてくれたようなので……」

「なるほど。俺の妻は本当に気が多いですね。これはお仕置き決定ですか」

やれやれとため息をつかれて、バイレッタは腕の中から夫をねめつけた。

「賭けは終了しましたよね、貴方になんの権限があるというのですか」

気の多い妻とは誰のことだ。まさか、自分だろうか。

アナルドの体を押しのけ、するりと腕から逃れる。

そのまま胸を張って顎を反らしてみたが、あまり効果はなかったようだ。

むしろ、彼の怒りに油を注ぐ結果になった。

「その件に関しては話し合いましょうと言いましたが。それよりも、貴女に、わからせる必要があるということですね。俺との結婚のどこが不満ですか？」

アナルドとの結婚生活に不満があるか、との問いにバイレッタは考えた。

それは、もちろん不満はある。

むしろなぜないと思うのか。

だが、それよりも離婚したいのは彼のほうではないのかと思うのだ。

そうでなければ、あの初夜の日に、ふざけた賭けなど持ち出さないだろう。

「離縁したいのは貴方のほうですよね？」

「俺がですか？　そんなつもりはありませんが」

「そうですね。結局、貴方はどちらでも構わないんですよね。そうでなければ、あんな勝つつもりのない賭けなど言い出さないでしょう？」

アナルドにとって妻は無料の娼婦で、たくさんの女が寄ってこないようにする虫避けで。

それは別にバイレッタじゃなくてもいいのだ。

そういう立場に収まっている女であれば、悪評が立とうが毒婦だろうが、全く頓着しないのだろう。

最大限の不満がそこに直結しているだなんて気づきたくもなかったが。

「勝つつもりはありますよ」

「は、はあ？　だって子供ができたらなんてそんな人を小馬鹿にした話がありますか。そんなのどうでもいいってことでしょう？」

「好きな女性と自分の子供が欲しいと思うのは小馬鹿にしたことですか」

「好きなって、だって貴方にとって妻は無料で抱ける娼婦なんでしょう？」

「妻は愛する女性ですよ。そりゃあ欲望もありますが。なんせ魅力的な女性ですから。それが悪いことですか――というか、無料の娼婦ってどこで言われたのですか」

アナルドの目が鋭くなったので、バイレッタの心臓はどくんと音を立てた。

まずい、項がピリピリする。

なぜ、そんなことで怒るのか。

彼の怒りのツボが未だにわからない。

確かに夜会の日に立ち聞きした際に、無料の娼婦だと言っていたのはアナルドと話していた友人らしき男で彼ではなかった。だが、否定しなかったではないか。

だから、てっきり彼に言われたのだと思い込んでしまったのだ。

「バイレッタ？」

「あ、いいえ。誰からも言われてません、ね」

「本当ですか」

「本当です！」

疑わしそうにしていたが、なんとか納得したらしい。バイレッタはほっと胸を撫でおろした。

「それで、俺との結婚生活のどこが不満だと？」

「え、え、えと……夜の回数が多いことでしょうか」

「それは申し訳ありません。ですが、妻が煽情的(せんじょうてき)で。慣れれば落ち着きますので我慢してください」

「はあ？　えと、所構わずなところ？」

「それも貴女が悪いですね」

「それ、私が悪いのですか？」

あっさりと自分が悪いと責められるので、バイレッタは呆れた。

アナルドには改めるつもりがないらしい。

だが、これでは離婚ができないではないか。

だって、足手まといにはなりたくないと思ったのに、これ以上迷惑をかけたくないのに。

もしまた同様のことが起これば、きっと彼は同じように助けてくれる。

自分には助けなど必要ないのに。

守られているだけだなんてまっぴらごめんだというのに。

それに、何よりバイレッタが辛い。

だって彼が好きだと気がついてしまったから。

だが反論しようとすると、足音が再度響いた。すぐに声がかかる。

「隊長、撤収いたしますか？」

「そうですね、では帰りましょう」

「ヤー・ゲイバッセ！」

軍人の敬礼の中心にいる男が、振り向いてにこやかに笑う。

「話の続きは後にしましょう。貴女を家まで送りますよ」

スワンガンの屋敷にバイレッタを届けると、アナルドはすぐに軍へと戻っていった。

後処理があって忙しいのだろう。

それはわかっていたから、夫との話は一旦忘れることにした。

家に着いて心配して泣きじゃくるミレイナを宥めて、風呂に入って寝台に座ると一日の疲れをどっと感じた。

明日の仕事をさぼっても誰も怒らないのではないか。

いや、秘書は怒ってきそうだ。彼は仕事に誇りを持っている。ついでに業務が停滞して損失を出すことを何よりも嫌っている。

明日も仕事だ。だが、頭が回らない。

今日一日はいろんなことがありすぎた。感情が揺れ動いて、本当に疲れた。

エミリオにキスをされて嫌だったことも、彼が意外に同級生想いだったことも、アナルドが迎えに来てくれて嬉しかったことも。

そして、自分がアナルドを慕っていたことも、自覚した。

だから、離婚をしたい。彼の都合のいい妻でいたくない。

無料の娼婦でないとわかったけれど、アナルドが望んだ妻ではないのだから。上司に押し付けられた女で、彼の意思はどこにもない。階級も上がったし、目的は達したはずだ。

賭けの期限も切れた。

愛してるとか最愛の妻だとか、彼は心にもないことばかり言わなくても済む。

バイレッタがここにいる理由はどこにもない。

よし逃げるか、とバイレッタは決意をする。

八年越しの初夜の際に、朝まで悠長なことを言っていたから捕まったのだ。あれさえなければ、恋心なんて知らずに、顔も見たことのない最低な夫となんの思い出も抱えずにすっきりと生きていけた。

こんなドロドロとした複雑な気持ちにもならなかったのに。

バイレッタは誰かに必要とされたかった。いてもいいのだと言われたかった。

何より、色眼鏡なく自分自身を見つめてくれる相手が欲しかった。

それが自分が恋した相手だったらいいと思っていた。

それなのに、バイレッタだけが彼を好きで、彼はそうでもない。

助けにも来るがそれは外聞とか、建前で。

愛を囁くのも人前だけだ。欲を満たせれば満足で、その時だけは執着される。

どうでもいい妻だから。引き留めるためだけに愛を告げられても、心には何も響かない。きっと次の相手を探すのが面倒なだけだ。

自分でなくてもいいのなら、自分だけが好きなだけなら、傍にいるのは辛すぎる。

一方通行な恋が、こんなに苦しいものとは知らなかった。

出ていったとわかったら追いかけてはくれるだろう。でもバイレッタが本気で嫌だと言えばそんな女は面倒だと放り出すに違いない。

面倒くさがりで薄情な夫だ。

バイレッタは気合を入れた。

そうして、深夜過ぎて寝室に戻ってきた夫に、念書を突き付けたのだった。

突然、突き付けられた念書をしげしげと眺めて、アナルドは首を傾げた。

「それで、今すぐに離縁したい、と……？」

「そうです。もう荷物はまとめてありますので、今すぐに出ていけます。短い間でしたが、お世話になりました。また、離縁のための書類が必要になりますのでその際にお会いしましょう。では、さようなら」

バイレッタが荷物を抱えて、アナルドの横を通り過ぎようとした瞬間、その腕をぱしりと摑まれた。

「ようやく取り戻せたと思ったら、今度は自分から出ていく……全く俺の妻はなんとも傲慢ですね」

「……手を離してください」

「応じかねます。で、結婚の不満は聞きましたが、まだ何かありますか？」

「不満はたくさんありますが、それが大きな理由ではありません。離縁したい一番の理由は言いたくありません」

夫が自分だけを愛してくれないから別れたいなんて、この時代に我儘もいいところだ。だが、それが本心なのだから仕方がない。

結局、バイレッタの求める夫婦というものは理解されがたいものということだけはわかっている。

「なるほど、閣下たちから想っていることを伝えろと言われた意味がわかりました。俺の妻が何を考えているのか少しもわかりませんね」

「理解されなくて結構です。さあ、手を離してください」

「何を怒っているんですか」

「何も怒っていません」

「それは嘘でしょう。貴女はいつも怒る時ほど微笑みますから」

怒っているかだと。

それは怒りもあるかもしれない。だが、一番の理由は悲しみだ。
どこまでも愚かな自分に悲しんでいる。
母のようにはなりたくなくて。
父に言われるような女の幸せなんて馬鹿馬鹿しく思っていて。
叔父の望む商人になりたくて。
夢を捨てきれなくて。
それを信じてここまで来て。
結局は厄介な相手に恋をして。
報われないと嘆いて、悲しんでいるだけだ。
これ以上傷つきたくないから、逃げようとしている。
弱い自分に、ただひたすらに腹が立って悲しい。
もっと自分は強いはずではなかったか。
こんなに一方的に逃げ出したくなるものなのか。
自分に裏切られたようで、それも悲しい。
「バイレッタ？」
静かに名前を呼ばれると、不意に胸が温かくなる。そんな自分の愚かな反応に思わず内心で笑ってしまった。

冷静で感情に鈍くて、計算高い人。頭が良くて、軍人としての誇りもある。己の道をひたすらに邁進する彼には、きっとバイレッタの気持ちなんて少しも必要じゃない。それが、どこまでも悲しいだなんて、悔しすぎて相手に伝えられるわけもない。

「貴方が大嫌いなんです」

自分を弱くさせる人。

自分をただの女にさせる人。

これまでの信念なんて簡単に覆してしまうほど、自分を愚かにさせる人。

恋した相手が、愛しくて憎くてたまらない。

にっこりと微笑めば、アナルドは驚きに目を瞠った。

「それは、なんとも――……光栄ですね」

「はい？　貴方が大嫌いだと言ったのですが」

「ですから、光栄だと言いました」

聞き間違えたのかと思って、もう一度告げると、至極真面目な顔をした夫がこっくりと頷いた。

光栄ってどういうこと。

自分が知っている意味とは違う意味があるのだろうか。

ダメだ。やはり夫が何を考えているのかさっぱりわからない。

本当になんて厄介な相手に恋をしてしまったのか。恋愛初心者にはついていけない。

「大嫌いだから別れたいんです。離縁したいんです」

「そうですか。そんなに何度も言われると、照れますね」

「はあ？」

ダメだ、とうとう言葉まで通じなくなった。

大嫌いだと言われて照れる要素がどこにあるんだ。

「では、今日は遅いですし、寝ましょう」

「明日になったら離縁していただけますか」

「するわけがないでしょう」

「なぜですか？」

疑惑の瞳を向けていると、ふとアナルドが問いかけてきた。

「念書ですが、夫婦生活の一ヶ月っていつまでだとお考えですか」

急な話題転換に頭が混乱する。

「は？　貴方が帰ってきてからではありませんか。賭けを始めたのがその頃ですよね。

それならばもう一ヶ月以上は経っていますよ」

「夫婦生活を一ヶ月として記してあるのですが、夫婦生活ってなんですかね」

「え、夫婦生活……ですか？」

「俺は、貴女を抱いている時間だと認識していました」

「は、はあ？　そんなの——……っ」

夕方から明け方まで抱かれたとしても一ヶ月分には到底足りない。

いくらアナルドが求めていたって、そんなに時間が経っていないのは間違いがない。

念書をアナルドから奪って、再度眺める。

端から端まで眺めても、どこにも日付らしい日付がない。夫婦生活の定義ももちろん書かれていない。

やられた。

これを渡された時に、もっとしっかりと確認するべきだったのだ。あまりに突拍子もない話に、うっかりしていた。ふらりと持ってきて、さっさと話を終わらせたのも彼だ。つまり、謀られたということだ。

「賭けの上でも貴女はまだ俺の妻ですよ？　少なくとも俺の中では。念書は一方的なものですよね。なので、効力はまだありますよ」

「詐欺のような手口ですね」

「騙されるほうが悪いと、商人たちはよく言いますが」

「そうですね。叔父からも契約書はくれぐれも慎重にと言われていますわ。そうやって貴方は妻の立場を押し付けようとしてきますが、そういうところが嫌なんです。都合のいい妻でいるなんてまっぴらです」

「なるほど。貴女は賭けに腹を立てているんですね。というか、都合のいい妻というところか……では賭けという言葉はやめましょう。俺は純粋に、貴女が妻であればなんでもいいのですから」

「賭けがなくなったら出ていきます。貴方に一方的に利用されるなんて御免です」

「うん？　ああ、そうか。俺の妻は臆病ですからね」

また話の繋がりがわからない。きっと彼の中では繋がっているのだろうが、自分にはさっぱり理解できないのだ。

その上、臆病とはなんだ。じゃじゃ馬とか度胸があるとか言われたことは多数あれど、臆病なんて言われたことは一度もない。そもそも道場破りのような結婚の条件を相手に求めたのはアナルドのほうだ。

だというのに、一人で納得されてもこちらはさっぱりわからない。

「いつも何かと戦って背中を伸ばしている貴女を知っています。噂にだって、下卑た視線にだって貴女は少しも揺るがずに立っている負けず嫌いだと知っています。か弱い女子供がいれば身を挺して庇うほどの正義感が強いことも知っています。頭の固い老害どもにもきっちりと戦略を立てて対応できる度胸も知恵もある。爆弾を手にした敵を挑発して突き進める軍人も呆れるほどの勇敢さもある。俺の妻は強くて勇猛で頭がいい。自慢して誇りたい。けれど、内側で怯えているのも知っています。慎重で臆病で――」

エメラルドグリーンの瞳を細めて、アナルドは極上の笑みを浮かべた。

「とても可愛い妻ですからね」

「なっ……なっ……あ――っ」

顔が真っ赤になるのを止められない。

口をぱくぱくしていて間抜けなことこの上ないとわかっているのに、言葉が出ない。

羞恥でこんなに体が熱くなるなんて初めて知った。

なぜ、突然の褒め殺し!?

今度は何を企んでいるのか。甘い言葉に騙されるな、は商人の鉄則だ。

バイレッタは必死で表情を殺した。

「褒められ慣れていないことも知っています。綺麗と言われるより可愛いと言われるほうが照れるのでしょう？」

確信犯だ。性悪の確信犯だ。

収集した情報をアナルドが冷静に分析することを知っている。戦場の灰色狐だなんて伊達に呼ばれているわけでもない。

だからといって、それを妻に駆使するとか。能力の無駄遣いだ。もっと仕事に役立てろと言いたい。いや、役立てたからきっとクーデターも穏便に収束させたに違いない。

だが、その手腕は別のところで発揮してほしい。切実に！

「金のかかった贈り物よりも心を込めた何かを好みますよね。普段使いの宝石は派手すぎないものばかり。甘い物は苦手で、酒は後口のすっきりした飲みやすいもの。花は香りの強いものよりほのかに香る小ぶりのものが好きでしょう。洋服は売りたい商品を着ているので、自分の好みはあまりないようですが。相手の好意は素直に受け取り、悪意は無視するか、受け流す……」

「もう、結構です。そんなに賭けを続けたいのですか!?」

「ああ、俺は最初から間違えたんですね。バイレッタ、貴女と初めて会った夜はこんなに不快なことがあるのかと憤っていたんです。むしろ裏切られたと勝手に思い込んでいました」

「は？」

突然、なんの告白が始まったのか。

もう夫の思考回路が全く理解できない。最初から、何も理解できなかったが。

「妻になんて期待していなかった。必要のないもので、自分が関わるほどの気持ちもない。そもそもが戸籍上の関係で、書類の上だけの話でした。それが、まさか終戦直後に手紙でケンカを売られるとは思いませんでしたが」

「売っていません！」

事実をありのままに綴ったただけなのに、なんとも誤解のある捉え方をされたものだ。

そういえばあの離縁状を出す時に義父からも皮肉げな内容だなと鼻で笑われた気がする。

「それで少し興味が出たんです。けれどこちらに戻って調べれば、俺はとんだ愚かな道化になっていた。上司の策略にうかうかと乗って、とんだ毒婦を妻にして、その上父の愛人を押し付けられたのだと。騙されたのだと思ったんです。それで、貴女にあんな賭けを持ちかけたんです。貴女の言うように、別に勝敗などどうでもよかった。

その場だけあの夜だけ貴女を貶められれば。翌朝には自分の思い違いに気がついて猛省しましたし、父にも後で叱られました。俺はあの朝に間違えたんですね」

一旦言葉を切ったアナルドはゆるく頭を振った。そうしてまっすぐにバイレッタを見つめた。

見透かすかのような光の中に、鈍く光るのは後悔か。

「自分の間違いを、貴女への仕打ちを謝罪して、きちんと許しを乞うべきでした。そして賭けを撤回して、約束をとりつければよかった」

「約束？」

「俺は貴女を縛らない。仕事でもなんでも自由にしていい。外国だってどこに出かけたっていい。子供だって、別にいてもいなくてもいいんです。ただ、貴女が俺の妻でいてくれさえすれば。それをバイレッタ、貴女に約束すればよかったんですね」

「な、なぜそこまでするのですか」

ただ、妻でいればいいだなんて。賭けではなく約束を、と彼は言った。

対等に、真摯に、彼はバイレッタに約束を提示してくれた。その気持ちがとにかく嬉しい。

だが、そんな都合のいい話があるわけない。

それはバイレッタが以前、描いていた理想の夫婦生活だ。好きな時に好きなことをして、夫に干渉されない生活。

今は、彼に愛されたくて理想だなんて言えなくなってしまったけれど。

それにしたってアナルドのメリットがなさすぎる。

「そんなこと言われたら、夜会にだって一緒に行きませんわよ？」

「構いませんよ」

「商品の買い付けに隣国まで行って、戻ってくるのは半年後とかになりますよ」

「俺も戦地に向かえば、長い間不在にしますからね。同じでしょう？」

「こ、子供がいなければお義父様は困りますわよ、後継がいないのですから」

「親戚でも、ミレイナの子供でも。父がその気になったら適当に見つけてきますよ。しばらくは爵位を譲る気もなさそうですし」

確かに、義父はアナルドを後継にするつもりも自分の引退も考えていないようだ。突然倒れたら困るだろうと、酒を控えて剣を振り回し体を鍛えている。

いや、今はその話ではなく。

「臆病な妻は、いつも巧妙に逃げ道を見つけますが、今回はすべて塞ぎましたか？」

なぜか、蛇に睨まれた蛙のように、背筋がぞっとした。

先ほどまで反省していた殊勝な態度は一瞬で鳴りを潜めている。もしかして散々な初夜の謝罪はあの一言で終わったのだろうか。

あれ、謝られたのか？

一言すぎてよくわからなかった。ただ賭けはなくなったということだろうか。だがそれでは離婚の道もなくなったということだ。

それはとても困る。

お飾りの妻でいるなんて、嫌だと少女が叫んでいるから。幼いバイレッタが喚いているから。でも彼はそのお飾りの妻の役目もしなくていいと言う。

どういうことなのか、さっぱり理解できない。

いや、それよりも。この話の終着点はどこだ。聞いたら後悔しそうな予感がなぜかひしひしとする。

夫が現れる前は、わりと悲しげな片思いに浸っていたはずだった。それが、今はどうだ。

急転直下すぎて、目が回る。物凄く嫌な予感しかしない。

だって逃げ道を塞いだと言われた。アナルドは自分を妻の立場から降ろすつもりはないのだ。

彼のメリットはなんだ。上手い話には裏がある。これも商人の鉄則だ。

いつものように、思考を働かせろ。今考えなくていつ考えるというのか。だが敵はあっさりと追い討ちをかけてくる。ゆっくり思考をまとめる時間も与えてくれない。

「さぁ、バイレッタ。質問は終わりですか」

「い、いいえ！」

ここで言葉を終わらせるわけにはいかない。きっと、言葉が尽きた先は、彼がにこやかに微笑んでいる気がするから。いつもの項がピリピリするような顔をして。

「だって、ただ妻でいるだけでいいなんて……貴方にいったい、なんのメリットがあるっていうのです⁉」

思わずぶつけてしまった質問に、バイレッタは顔を盛大に顰めた。

きっと聞いてはいけない。できることなら耳を塞ぎたい。

だが、彼の返事はあっさりと落ちてきた。

「俺が心の底から貴女を愛しているからですよ、バイレッタ」

今、なんと言われたのか。

もしかして自分の願望が都合のいいように、現実を捉えたのかもしれないと思ってしまった。

そうでなければ、彼がこんなにはっきりと告げてくるだろうか。

けれど、こちらの混乱を無視してアナルドは話し続けた。

「俺に貴女の隣に立つ権利をください。一番に名前を呼んで、一番に抱きしめられる立場をください。貴女が怪我をしたらすぐに連絡が来て、貴女が困っていたらすぐに駆けつけられる、貴女の夫という立場を」

「そ、んなものが……貴方のメリット？　望み、ですか」

「今回のことで痛感しました。俺は貴女を愛している男の一人だけれど、他の男と違う点は貴女の夫という権利があったからだ。権利は大事だと実感しました。こうして家に連れ帰ることもできますし、家に帰ってきたら出迎えてもくれる」

アナルドは言いながら、バイレッタを抱き寄せた。そっと真綿で包むかのような抱擁は、ふんわりと自分の心も温かくさせた。

「まぁ、傲慢で薄情な妻は出ていく気満々でしたが」

はあっと彼が吐いた息が首筋に触れて、くすぐったい。

心配したのだと、声で伝わる。

震える声は安堵に満ちていて、心をくすぐる。

「俺は感情に鈍くて、なかなか貴女への気持ちに気づけなかった。誤解もしていたし、とても妻に対する態度ではなかったと反省しています。それでも、貴女は俺に感情を向けてくれた。大嫌いだと——まるで愛の告白ですね」

「どこが、ですか……」

「貴女は嫌いな相手に面と向かって嫌いだと言いません。笑って流しますよ。怒っている時も同じだ。そもそも事象に対して憤るのであって相手に感情をぶつけてくることはない。だから熱い想いを向けてくれたことがとても嬉しい。俺が大嫌いだから、離縁したいのだと、俺が原因なのだと言ってくれることが本当に嬉しい。光栄です」

変な性癖でもなく、変態でもなく。

彼は純粋に自分が好きなのだと唐突に実感した。

負の感情でも正の感情でも、それが彼に向けられた気持ちならなんでもいいのだ。

相手を認めているから。相手をきちんと認識しているから。

「俺と離縁したい一番の理由を教えてください」

顔を覗き込みながら告げられた言葉に、バイレッタは彼のにやついた顔を張り飛ばしたくなった。

頭のいい男は本当に嫌いだ。大嫌い。

叔父しかり、夫しかり、だ。

一言に込めた裏を簡単に読んでしまう。きっと、自分でも気づいていなかったことまで悟ってしまう。勘違いだと、間違っていると否定もさせてくれない。

「絶対に教えません。だって、貴方が大嫌いですから！」

アナルドは声を上げて笑って、そのままバイレッタに口づけた。

結局、バイレッタが離婚してスワンガン伯爵家を出ていくことはなかった。離婚したい一番の理由がなくなってしまったから。

ついでにいえば、賭けもなくなって、約束に替わったらしい。

バイレッタはそれを長く実感することになる。それこそ、死が二人を別つまで――。

議会二日目は波乱から騒動へと移行した。

どちらでも大差ないとは思うが、上官のストッパーとしては役に立たないだろうな、とアナルドは考える。

モヴリスは上司であり、しかも今回自分は怒っているので。

どうせこの男にとっては今回のクーデター騒ぎも暇つぶしだ。

多少は、目の前の老人に憤っているのかもしれないが、それもモヴリスの演技か遊びかと問われれば自信がない。

向かいの議長席についた老人はひどく小柄だ。小さな背丈をしゃんと伸ばしていても小さい。長い白い髭は胸にまで届きそうで、皺の刻まれた顔は柔和としか言えない。人格者として長く立法府に君臨している長は、老獪だ。

カリゼイン・ギーレル侯爵。長らく旧帝国を支えてきた帝国貴族の筆頭であり、立法府の現議長。

その表情に焦りは見えないが、周囲の取り巻きたちは喧々囂々意見を述べる。

そのような部下の様子すら腹立たしいと思っていそうだが、表情に出ないのだから化け物だ。

こちらは悪魔で、あちらは化け物。

なんともこの世の戦いとは思えない様相を呈してきたなとアナルドは軽く頭を振る。

「意識不明の重体と聞いていたが、随分と元気そうで何より」

重々しくギーレル侯爵が口を開けば、モヴリスは軽く返す。

「おかげ様で、この通り死地から生還しましたよ。なんなら代わってあげたいほどに素敵な場所だったよ。一度行ってみてもいいかもねぇ」

「貴様、議長の前でなんという態度だ」

「これは申し訳ない。軍人はなかなか礼儀が覚えられないんだよ」

「若いとやんちゃになるものだしの」

「老獪と老害は別物だと若い僕でも知っているさ」

　昨日はアナルドを謀って、クーデターの本拠地を一度に叩くような作戦を立てて主犯たちを次々と牢屋(ろうや)へぶち込んだ。その手腕は見事としか言いようがなく、悪魔な上司は一筋縄ではいかないのだなと感心したものだ。ほとんど徹夜で休んでもいないのに、随分と元気なことである。

「さあ、二日目の議会を始めようじゃない？」

　モヴリスが促すと、昨夜捕らえた面々が議会席を取り囲むように整然と並ぶ。その上でクーデターの内容を詳細に読み上げさせている。議長は眉一つ動かすことなくそれを静かに眺めているが、その内心はそれほど穏やかでもないだろう。

　アナルドは一介の軍人なので、できれば関わり合いになりたくはないが、今回のクーデターの首謀者を自分に仕立てようと計画する立法府の大胆さには舌を巻く思いがした。

　大胆というか無謀だ。

きっとアナルドを見かけだけの人形のような男だと思っているのだろう。そんな男が長年悪魔の下で働けるわけがないだろうと言いたい。

結果的にクーデターの最高幹部はルミエル大佐で落ち着いた。そもそも最高幹部はいなかったのだが、議会と繋がっており集めた証拠を揉み消したり改竄したりしていたためだ。

しきりに最高幹部は否定していたが、引き受ければ減刑してやると取引するとあっさりと頷いた。もともと伯爵家の次男だ。旧帝国貴族派であり、余罪はボロボロ出るだろう。本人は小者だが、血筋で決まったようなものだ。

そんな適当に決まった最高幹部が起こすクーデターなどお粗末なものだ。あまりのくだらなさに、ここ数週間の苦労はなんだったのかと言いたくなる。

アナルドでもそう思うのだから、悪魔の胸中はいかばかりか。

やはり次の戦争までの暇つぶしなのだろうなと考えてしまう。それに巻き込まれたのはいい迷惑だ。

「これだけの証拠があってもまだゲームを降りる気はないの？」

「議長に失礼だろう、口には気をつけろっ」

「生憎と戦争ばっかりやっているんだと忘れてしまうんだよねぇ」

「ほっほっほ、なんとも威勢のよいことじゃな」

好々爺といった風情が似合う老人が楽しげに笑う。

「そちらの言い分はあいわかったが、いくら証拠と言われて並べられてもとんと記憶にないことばかりでな。クーデターが落ち着いたということで、そちらで処理をすればいいんじゃないか？」

「議長！」

叫んだのは議長補佐官のエミリオだ。子飼いもあっさりと切り捨てる無情さをモヴリスは楽しげに見つめている。やはり腹の中は真っ黒なのだろう。

エミリオの場合は実家の侯爵家の嫡男であるため助命嘆願書が提出されている。そのために情報をいくつか流してもらっているので、議長に見捨てられてもなんとかなるのだが。

ちなみにカーラは黙秘をしているので、今回の議会には参加していない。その代わりに息子を召喚している。だがギーレル侯爵には痛くも痒くもないだろう。カーラが折れるためにしている嫌がらせだ。

「で、議会の議題は次に移ってもいいんじゃろうか。なにせ議題はまだまだ山積しているのでな」

「これだけ用意して、まだ逃げようって？　全く困ったじじいだよ」

短く息を吐いたモヴリスに対してギーレル侯爵は余裕だ。

長くかかりそうだな、とアナルドは愛しい妻を思い浮かべながら視線を天井に向けるのだった。

「お義姉様は甘いですわ」

「そうかしら？」

「そうです！　もう怒って出ていっても誰も責めませんわよ」

カップをがちゃんと乱暴に白い丸テーブルに置いてぷりぷり怒るミレイナに、思わず苦笑する。隣にいる義妹に視線を向けると、彼女を挟むように反対側に座っているアナルドが目に入った。とろけるような笑顔を浮かべている彼は、義妹の話など少しも聞いていないに違いない。

批難されているのは貴方ですが。

アナルドはクーデターを治めた功績で一週間の休暇中だ。ついこの間まで一ヶ月の休みを貰っていたくせに休みすぎではないだろうか。悪いことに休暇中だということでバイレッタにつきまとっている。仕事場にもついてくるので、今日は自分も休みにした。職場に行けば本人は大人しくしているつもりでも、秘書を筆頭に皆がからかってくるのでなかなか仕事にならない。

結果、こうしてミレイナとお茶の時間を楽しんでいるのだが、アナルドもくっついてくる。義妹はそれが不満らしい。散々兄を詰(なじ)って、バイレッタと離縁しろと詰め寄っていた。だが思ったほどの効果が得られないと判断した途端に矛先が自分に向いた。

義妹の気迫に負けて、思わず頷いてしまう。

「そうね……考えておくわ」

「バイレッタは俺から離れることはありませんよ」

「お兄様の自信はどこから来るのです⁉」

「俺はきちんと妻から言質を取っていますから」

「お義姉様はいったい何を仰って、こんなにお兄様を調子づかせたんですかっ」

大嫌いだとしか言っていない。

だというのに、彼は自信に満ち溢れていて、バイレッタは心底恥ずかしい。見透かされているのかと思うと、何も言えなくなるのだ。

今日は帝都で人気のカフェテラスに、三人で遊びに来たのだ。店はミレイナの希望を聞いた。これまで心配をかけたお詫びも兼ねている。だがさらに義妹を不機嫌にさせる結果になって申し訳なさを感じた。

開け放たれた窓からは、爽やかな風が通り抜けていく。二階のテラス席は帝都の通りを行き交う人がよく見えるが、皆明るい顔をしている。

クーデター騒ぎが落ち着いたからだろう。久方ぶりに帝都に活気が戻ってきたのを感じる。今朝の新聞にも大きくクーデター鎮圧とその経緯が載っていた。

モヴリスたちが解決したと書かれていたので、アナルドも相当に働かされたのだとわかる。後処理の最中は彼の帰りも不規則で、深夜になったり、夕方戻ってきてまた出ていったりと慌ただしかった。

ひとまず情勢は落ち着いたので、以前にミレイナと約束していたお出かけを今日決行した。若い人たちに人気で、洒落ていて可愛い店内は居心地がいい。軽食だけれど料理も美味しくて、すっかり堪能した。

今は食後のお茶を楽しんでいる。

義妹は食事が美味しいと楽しんで、バイレッタと出かけられたと喜んで、お邪魔虫な兄に素直に怒りをぶつけている。表情がくるくると動いてとても可愛い。きっと世の中の大半の男性は義妹のような女性を選ぶに違いない。

こんなひねくれた天邪鬼(あまのじゃく)な自分よりも。

思考がどうにも乙女だ。

それでも夫はバイレッタがいいと言ってくれると、なんとなく知っている。

なんとなくどころではないが、気恥ずかしいから断言はしない。

「お義姉様、暑くなりました？　お顔が赤いですけれど」

「え、ええ。そうね、今日はいつもよりも暑いわね」

「もうすっかり秋ですけれど？」

「きっと飲み物が熱かったのよ」

「変なレタお義姉様。それより、出ていくならご協力しますから、いつでも仰ってくださいね！」

意気込んだ義妹を見て、つい首を傾げてしまう。彼女は兄を怖がっていたはずだが、いつの間にこんなに強気に出られるようになったのだろうか。

「ミレイナはアナルド様が苦手ではなかった？」

「無表情で無口な大人は子供が怖がっても仕方ないでしょう？　でもお兄様は、ただものぐさで口数が少なくて凄く感情が鈍くて、乙女心のわからない人なだけだってわかったんですもの。大切なお義姉様を守るためなら、頑張ります」

どうして気がついたのかはわからないが当たっている。

だから、アナルドが義妹の婚約を整えるようにいろいろと手を回しているのか。義父母は本人に任せて、流行りの恋愛結婚でもいいという考えだ。だが、ここにきてアナルド主体で婚約話が出てきたのだ。

いつ何時、ミレイナがバイレッタを追い出すかわからないから、早々に屋敷から彼女を追い出したいのだろう。

義父はなぜ息子が興味関心のない娘の結婚に口を出すのかわからずに、話を保留にしている。だが動機を知れば、遅らせそうではある。苦手な息子に嫌がらせができる絶好の機会を逃す義父ではない。

複雑な思惑が絡んだ婚約話を当の主役である義妹だけが知らないのか、とおかしくなる。

さて可愛い義妹の結婚式はいつになるのだろうかと、バイレッタはふふっと口元を綻ばせた。

「貴女の気持ちはとても嬉しいけれど、ミレイナもちゃんと幸せになってね」

「あら、当たり前です。だって私はお義姉様に愛されていますもの。変な相手だったらすぐに追い出してくださいますでしょう？」

当然のように頷いたミレイナは、いつの間にかすっかり強い淑女になっていた。可愛い義妹はどこまでも愛らしい。

その上逞しくて誇らしい。

自分たちとなんと違うことか。

バイレッタは少し遠い目をしながら、昨夜のことを思い出した。

「来週から南西部に送られるようです」

「なん、せい……？」

「どうも密かに隣国の軍が国境線を越えたようで。クーデターが起きた今が絶好の機会だと思われたんでしょう」

アナルドの低い落ち着いた声は、心地いいと思う。

思うけれど、いつも大事な話を、なぜ今、頭の回らない時にするのか。

夫婦の寝台の上で、裸のまま重なっている今に！

怒りを込めて睨み付ければ、ふっと彼は口角を上げた。

「ああ、すみません。貴女を悦ばせることをおろそかにしたつもりはありませんよ」

「違……は、っああん！」

断じて違うと文句を言う声は嬌声に変わる。

どこまでいっても自分勝手な夫だ。妻の話を聞く気もない。一方的で、答えを欲しない。彼の愛し方そのものだ。与えるだけ与えて、勝手に納得して満足している。

怒りは快楽に流されて思考は流転する。

途切れた言葉は別の意味で彼に届いたらしい。彼はしっかりと妻を抱きしめた。

そのまま絶頂の中で悶える。

それを幸せそうに見つめる夫に殺意が湧く。

「愛してます、バイレッタ」

耳元で熱く囁かれても、決して懐柔されるものかと決める。

それでも構わずアナルドは二度と放すまいとするかのようにさらに強くバイレッタの体を抱きしめた。

「また、手紙を送ってください。貴女が書いて届けてくれた言葉ならなんでも嬉しいですから」

「大嫌いっ……て、送り、ますっ」

「ふふっ、ありがとうございます」

殴ってやろうかなと思いながら、バイレッタは夫の横顔を見つめる。密着しながらも彼も同じように自分を見つめていた。

蕩(とろ)ける思考を繋ぎとめるのが大変だ。甘い痺(しび)れが全身を侵して、感情をかき乱す。しばらく会えないことが淋しいと思うなんて、きっと気のせいだ。この熱と重みが恋しくなるなんて、絶対に勘違いだ。

バイレッタの中の夢見る少女が泣いている。相手に縋りつきたくなるだなんて、随分と弱くなったものだ。

恋は人を愚かにすると言うけれど、弱くするとは思わなかった。

それでも淋しさを感じさせない夫の姿に腹が立って絶対に本人に明かしてなるものかと意地を張る。

だが夫はにこりと愉(たの)しそうに笑う。

「だから、今夜は朝まで付き合ってくださいね」

それが免罪符になるとは思わないで！

文句は口づけに溶けて、結局届かなかった。

素直じゃなくても。意地を張って文句を言っても。大嫌いだと告げたところで。

アナルドは、全部抱きしめて愛していると伝えてくれるから。

夫に甘えている自分を許してくれるから。

なんだかんだと、幸せだと思ってしまった。

バイレッタの中の少女も淋しいと泣きながら、結末に満足していることを知っている。

自分たちはいつまでも平行線だけれど、きっとこれが二人の夫婦のカタチなのだ。

悪くないだなんて、もうとっくに毒されているなと思いつつ、バイレッタは夫が与える口づけを受け入れた。

幸福の味に酔いしれながら。

終章　最愛の妻からの手紙

スワンガン伯爵家の玄関ホールに佇んで、背負っていた荷物を置く。

半年ぶりの我が家は、ひっそりと静まり返っていた。帰宅の連絡をせずに歩いて帰ってくれれば、出迎えもない。わかっていたので、アナルドはそのまま周囲を見回す。

広めに造られたホールは太い柱に支えられ天井部分を高くとっているため、さらに広く見える。その奥へと続く廊下も、二階に続く階段も、玄関を飾る生花の位置も記憶の中と違いはないことに安堵する。

爆発騒ぎなど普通は起きるものではない。報告もなかったが、あの時の焦燥や不安は未だに自分の中に影を落としている。

「お帰りなさいませ、若様」

「ああ」

物音に気がついた家令のアンリが穏やかに微笑んで、出迎えてくれた。

ドノバンは数年前に引退して、後継に彼の甥を連れてきた。よその家で経験を積んだ実力のある男は、ドノバンに似て穏やかで物静かな男だ。余計な口を利くことはないが、四角四面ということもない。

気になるところは唯一、若いというところだ。なぜなら彼はバイレッタと年が近い。どうにもならない現実だが、妻も気にしていないとは思っている。が、やはり些細なことがいろいろと気になる。妻が彼を少しでも気に入ったらどうしよう。年ばかりはどうしようもない。バイレッタがアナルドに若さが欲しいとか考えていたら……努力でなんとかなるなら頑張る所存だ。少しでも妻には気に入られたいと望んでしまう。

かつんと床を踏む音が聞こえて、アナルドは視線を巡らせた。ゆっくりと階段を下りてきた少女が、ふと自分に気がついて歩みを止めた。

母親譲りのストロベリーブロンドに自分と同じエメラルドグリーンの瞳を瞬かせて、感情の籠もらない静かな声を響かせる。

「あら、お父様。お帰りなさいませ。今回の戦もお疲れ様です。無事のご帰還、喜ばしいですわ」

「ああ、ただいま。その……」

「お母様なら仕事部屋ですわよ。でも、今は邪魔しないほうがいいと思いますけれど。大事なお時間の真っ最中ですものね？」

自分が妻にしか興味がないと知っているといわんばかりの口調で少女が告げた後、

面白そうに微笑む。

長女のエルメレッタだ。

顔は妻にそっくりで彼女が蠱惑(こわく)的に微笑むだけで、周囲の視線を独り占めしていることを知っている。最悪なのは、少女の性格は自分にも似ていて、ひどく感情に鈍いくせに、相手の機微を読むことには長(た)けているところだ。

どういう顔をすれば相手が好み、嫌がるのかを的確に把握している。

まだ十歳だというのに末恐ろしい。伯爵家当主の父ですら彼女の手のひらの上で転がされているらしい。

だが、今はエルメレッタの言葉のほうが重要だ。

「大事な時間……」

わかってはいるが、アナルドは駆けるように二階に向かうと、妻の仕事部屋の扉を開けた。

「レイナルド、扉をノックもなく開けてはいけないわ」

目に飛び込んできたのは、ストロベリーブロンドの髪を綺麗に結い上げた妖艶な美女だ。

窓際に立って、書類から目を離さずに六歳になった息子の名前を呼ぶ妻に、アナルドは大股で近づくとその細い体をぎゅっと抱きしめた。

「きゃあ、あ、アナルド様⁉」

「息子と間違えないでください」

「すみません、最近あの子も勝手に仕事部屋に入ってくるので……お帰りなさい。今回は早く終結できてよかったですね」

灰色の髪にアメジストの瞳を持つ息子は妻に似てやんちゃだ。いろんなことに興味津々で、あちこちに顔を出す。妻の仕事部屋も遊び場所の一つなのだろう。

妻は優しく声をかけてくれるが抱きしめ返してはくれない。

「バイレッタ、取り繕っても間男からの手紙を読んでいることは知っています」

「ゲイル様からの報告書をそんなふうに呼ぶのはやめてください。それに仕事中は邪魔をしない約束でしょう？」

「半年ぶりに帰ってきた夫を優先しても、約束を破ったことにはなりません」

「はいはい。准将閣下は淋しかったのですね」

「愛しい妻が恋しかっただけです」

アナルドがはあっとため息交じりでつぶやくと、真っ赤な顔をしたバイレッタが震えていた。

いくつかの戦地を経て、戻ってきてみれば准将になっていた。ここ数年は変わらず同じ地位にいるが。上の顔ぶれが変わらないというのはよい面と悪い面が半々だ。

悪魔な大将は相変わらず大将である。使い勝手のいい自分をすぐに前線へと送る。

おかげで家で家族とゆっくり過ごす時間がない。今回も半年ぶりだ。さすがに妻の成分が足りない。補給しないと息もできない。

細いけれど柔らかな彼女の体を堪能すれば、赤い顔のまま、バイレッタは息を吐いた。

「アナルド様はもの凄くイジワルです」

「俺は本心を告げているのに、心外です」

くすりと笑って軽くキスをする。

何歳になっても妻が可愛い。どうすれば、この感情が落ち着くのか。それとも一生このままなのだろうか。他に感情が動かない分、つり合いは取れている気はする。

「手紙をくれたからますます恋しくなりました」

「手紙を送ってほしいと頼んだのは貴方ではありませんか」

「妻帯者の友人がいつも自慢するのが羨ましくて。ですが最愛の妻からの手紙は嬉しくて切なくて恋しくなります」

「困った人ね」

苦笑した後、彼女はとびきり優しいキスをくれた。

口づけをして、返してもらえる。生きていてよかったと実感できた。

妻からの手紙は懐にいつも忍ばせている。今も彼女との間でギュウギュウ潰されているだろう。

初めて戦場に手紙が届いてから十一年。

すべての手紙は大切に保管している。宝物だ。

言葉というのは不思議なもので、一字一句に込められた気持ちまで届けてくれるような気がする。

読むだけで、傍にいない妻を実感できる。

昔、彼女は大嫌いだと書いて送ると言ったけれど、一度もそんなことはなかった。

近況報告と、日々を気遣う心。穏やかな気持ちを書き綴って送ってくれる。

戦場でいくら心が凍っても、妻からの手紙を読むだけで凪いだ気持ちになるから不思議だ。友人が自慢してくる理由にも納得がいった。

こうして戻ってきて、幸福を実感するのだ。

ありきたりで何気ない日々の素晴らしさを。愛しい妻が出迎えてくれる幸せを。

「愛しています、バイレッタ」

「お仕事の邪魔をする人は嫌いですよ？」

睨み付けてくる妻の顔は本気だ。これ以上は怒られると経験上知っている。

「では、後でしっかりと相手をしてください」

「朝までは無理ですよ」

「では夜が明ける前までお願いします」

「それを朝までと言うのではありませんか」

どうやら譲る気はないらしい。

「戦場から半年ぶりに戻ってきた夫を労っても罰は当たりませんよ」

「労ってゆっくりしてくださいと言っているつもりですが？」

「わかりました」

今日は明け方までやめておいて、明日は一日にしよう。一旦引き下がって、仕切り直すのも有効な戦略だ。

明日も彼女は自分の妻でいてくれるのだから。

変わらずずっと、夫の権利を与えてくれるのだから。

自室で荷物の整理をして、妻からの手紙を読み返すのもいい。何度も読み込んで、もう覚えてしまったけれど、それでも何度読んでも胸が温かくなるような気がするから。

「なんだか、不穏な空気を感じますね」

バイレッタが腕の中で、訝しげな顔をする。心外だなと思いつつ、アナルドはにこりと笑顔を作ってみる。

不思議と彼女は、自分が笑顔を作ると怯えるのだ。今も、ぎくりと顔を強ばらせて恐る恐る自分を見つめている。

「今夜は我慢します」

だから、明日はじっくり付き合ってくださいね。

笑顔に込めたメッセージを、彼女は正確に読みとったようだ。

そしてバイレッタは深いため息をつく。それはもう深い深いため息だ。

「お手柔らかにお願いしますわ」

面白くなるよ、と上司は言った。

現在も上司であるモヴリスの言葉はある意味正しく、ある意味間違いだ。

間違いと言っても、いい意味でだが。

妻は自分にとっての幸福で、感情を思い出させてくれる存在だ。

喜びも怒りも哀しみも。楽しみですら彼女がいなければ感じられなかった。

そんな存在に出会えて、夫になれて本当に感謝しかない。

だから、願わくばこのままの日々が続くようにと、柄にもなく祈ってしまう。戦場を渡り歩いて、何千人もの命を奪ってきて、今更そんな虫のいい話もないだろうが。

それでも自分の命はいつ散ってもいいが、決して彼女よりも後にはなりたくない。先を思って恐れることも、妻が与えてくれた感情だ。

怖いけれど、愛しさが募る。

結局、何をどうしたって彼女を愛しているという気持ちに帰結する。

「もちろん譲歩しますが、半年分ですから想いが募って暴走することもあるでしょう。なんなら、賭けでもしますか？　俺が負けたら、抱き合って眠るだけで我慢しますよ」

「いいえ、結構です。もう二度と貴方と賭けはしないことに決めているんです」

きっぱりと告げられて、思わぬ拒絶に戸惑った。

「もう俺とは遊んでくれないんですか」

「これまでの賭けの内容が遊びというほど軽いものではないと思いますが。約束事はもうたくさんです」

いつも賭けを申し出て、アナルドが勝つと約束に変えてきた。

たとえば、家に帰ってきたら真っ先に口づけること。

たとえば、夫を笑顔で出迎えること。

たとえば、いつでも夫が求めたら抱きしめさせてくれること。

賭けに勝利して、日常の些細なおねだりを夫婦の約束事に変えてしまえば意地っ張りな妻が渋々といったていで応じてくれるのが嬉しいからだ。

せっかく必勝の賭けを思いついたのだが、どうやら妻は負け続ける自分に嫌気がさしたらしい。けれど妻におねだりしても聞いてくれないのだから、仕方がない。彼女に言わせれば、自分の欲求が多すぎるらしいが。

それは可愛すぎる妻が悪いのだと、アナルドは考える。

「では、半年間の報告は明日に聞くことにします」

「手紙に書きましたよね？」

「妻の口からもぜひ聞きたいですね」

「手紙いらなくないですか？」

「何を言うんですか。俺の宝物を奪わないでください」

心底震えながら言うと、バイレッタは目を瞠って、面白そうに微笑んだ。

「宝物、ですか？」

「はい、宝物です」

素直に肯定すると、妻は少し照れくさそうに口づけをくれた。

初めて戦場に届いた手紙から始まった。最初の一通目からすでに宝物だ。

そうして、宝物はこれからも増えていく。

まだまだ続いていく二人の未来を綴った手紙は、ずっと送られ続けるのだから。

あとがき

初めまして、久川航璃と申します。

この度は、本作をお手にとっていただきありがとうございます。この作品はネット小説に上げていたものを加筆修正させていただいたものです。内容を簡単に言えば、放置していた妻に振り回されて、いつの間にか愛を自覚した男の話です。主人公はあんまり自覚なく夫を振り回しています。自分のしたいことを全力で行っているだけで、勝手に夫が惚れていくという話です。

この話のあらすじ一つをとってもとても難しい。とにかくいろんなことを詰め込んでしまったので。作者が書いてもよくわからない内容です。だというのにわかりやすいあらすじをいただいたときに編集様って素晴らしいんだなと感動いたしました。

そもそも好き勝手に書き散らしていたものをその道のプロの方々の手で、随分と読みやすい作品に仕上げていただきました。ネット小説を読んでいた方ですと、違いがよくわかると思います。おお、売り物の小説みたいだな、と作者自身が何度も実感させていただきました。

ですので、こうして紙の本になっているということが感無量です。いたるところに感謝しきりです。ネットから読んでくれた方々も、根気強く改稿に付き合っていただいた編集様にも、イメージ通りのカバーイラストを描いていただいたあいるむ様にも、この本に関わっていただいたすべての方に、本当に心からの謝辞を。何よりこの本を目に留めていただいた方へ、溢れんばかりの感謝を本当に伝えたいです。

人生は何が起こるかわからないとはよく言いますが、まさか小さい頃からの夢が叶うとは思ってもみませんでした。このような素晴らしい機会を与えていただき本当にありがとうございます。何度も夢オチや詐欺を疑ったことが今ではいい思い出ですね。などと言いながら今でも遠い世界の出来事みたいで、実物みても実感湧かない気持ちもするのですが。

そんなわけで、作者の実力以上の力が発揮された本作になっておりますので、皆様の心に少しでも響くことを祈っております。

最後になりましたが、世間はいろんなことで煩雑としておりますが、この本を手に取ってくださった方たちが少しでも安寧に過ごせることを願って。

ありがとうございました！

<初出>

本書は、2021年にカクヨムで実施された「第６回カクヨムWeb小説コンテスト」恋愛部門で大賞を受賞した『拝啓見知らぬ旦那様、離婚していただきます』を加筆修正したものです。

メディアワークス文庫

拝啓見知らぬ旦那様、離婚していただきます〈下〉

久川航璃

2022年2月25日　初版発行
2023年11月10日　10版発行

発行者　山下直久
発行　株式会社KADOKAWA
〒102-8177　東京都千代田区富士見2-13-3
0570-002-301（ナビダイヤル）
装丁者　渡辺宏一（有限会社ニイナナニイゴオ）
印刷　株式会社KADOKAWA
製本　株式会社KADOKAWA

●お問い合わせ
https://www.kadokawa.co.jp/（「お問い合わせ」へお進みください）
※内容によっては、お答えできない場合があります。
※サポートは日本国内のみとさせていただきます。
※Japanese text only

※定価はカバーに表示してあります。

Printed in Japan
ISBN978-4-04-914172-6 C0193

メディアワークス文庫　https://mwbunko.com/

本書に対するご意見、ご感想をお寄せください。

あて先
〒102-8177　東京都千代田区富士見2-13-3
メディアワークス文庫編集部
「久川航璃先生」係

小料理屋「春霞亭」
かりそめ夫婦の縁起めし

江中みのり

硬派すぎる料理人×人生に迷う三十路女子。
幸せで満腹になる小料理屋奮闘記。

『幸せにならなくていいから一人でいたくない』

ブラック職場に疲れ果てた花澄が辿り着いた、閑古鳥鳴く老舗小料理屋「春霞亭」。店主の敦志と利害の一致から契約結婚した花澄は、共に店の再建を目指すことになる。

華やかな街並みから浮いた古びた店構えに、センス無しの盛り付け、ヘンテコな内装。味は絶品だけど問題が山積みな店を繁盛させるため協力する二人の間には、次第に特別な想いも芽生えていき——。

幸せ願う縁起めしを届ける、美味しい小料理屋奮闘記。

メディアワークス文庫